치즈 가게에 온 선물

웬디 램과 더글러스 스튜어트에게
믿음을 보내며

치즈 가게에 온 선물

지은이 데이나 라인하트 | **옮긴이** 신인수
펴낸날 2013년 7월 25일 초판 1쇄, 2014년 12월 30일 초판 4쇄
펴낸이 김영진 | **본부장** 조은희 | **사업실장** 김경수
편집장 김혜선 | **편집** 김정미, 백한별 | **디자인 팀장** 신유리 | **디자인 관리** 강효진
영업 팀장 이주형 | **영업** 김위용, 황영아, 최병화, 정원식, 한정도, 이찬욱, 김동명, 전현주, 정슬기, 이강원, 강신구
펴낸곳 (주)미래엔 | **등록** 1950년 11월 1일 제16-67호
주소 서울특별시 서초구 신반포로 321
전화 미래엔 고객센터 1800-8890 **팩스** 541-8249
홈페이지 주소 http://www.i-seum.com

ISBN 978-89-378-8607-2 43840

책값은 뒤표지에 있습니다.
파본은 구입처에서 교환해 드리며, 관련 법령에 따라 환불해 드립니다. 다만, 제품 훼손 시 환불이 불가능합니다.

이 도서의 국립중앙도서관 출판시도서목록(CIP)은 e-CIP 홈페이지(http://www.nl.go.kr/ecip)에서 이용하실 수 있습니다. (CIP제어번호: CIP 2013011571)

치즈 가게에 온 선물

데이나 라인하트 지음 | 신인수 옮김

1. 가게 열던 날

누군가에게는 선크림의 냄새가 그럴 거다. 아니면 소나무 향이나. 또는 야영장 모닥불에 타 버린 마시멜로 냄새거나. 어쩌면 할아버지가 면도한 뒤에 바른 로션 냄새일 수도 있고.

누구에게나 그러한 냄새가 있다. 오래전 머나먼 어린 시절의 나라로 잠깐이나마 나를 데려다 주는 특별한 냄새가.

나한테는 림버거 치즈 냄새가 그렇다. 카망베르 치즈 냄새거나, 때로는 스틸턴 치즈 냄새도 그렇다. 구릿한 냄새가 나는 치즈 중에서 아무거나 꼽아 보면 된다.

엄마의 가게는 유클리드 거리에 있었다. 하지만 그곳은 지금 사람들이 알고 있듯이 30달러짜리 비싼 매니큐어를 팔고, 페이즐리 무늬 종이로 싼 고급 비누만 취급하는 가게가 널린 그런 곳이 결코 아니었다.

그때 그 시절 유클리드 거리는 나 같은 꼬맹이들이 50센트 되는 푼돈으로도 뭔가를 살 수 있던 장소였다. 1986년 여름, 그 당시 나는 술도 취급하는 '난롯가 주류점'에 거의 날마다 갔다. 술을 사러 다닌 건 아니었다. 나는 고작 열네 살이었으니까. 50센트로 땅콩과 캐러멜과 초콜릿이 어우러진 '굿 뉴스 초코바'는 살 수 있었다. 초코바에 붙은 빨간 라벨은 '하와이에서 가장 사랑받는'이라는 별난 주장을 하고 있었지만, 그 문구 덕분에 이국적으로 보이기도 했고 맛조차 색다르게 느껴지는 것 같았다.

나는 하와이에 가 본 적이 없었다. 달리 어딘가에 가 본 적도 없었다. 집 형편이 넉넉하지 않았으니까. 돈이라고는 아빠의 생명 보험에서 나오는 것뿐이었고, 그나마 가진 돈은 모두 치즈 가게로 들어갔다.

그게 가게 이름이었다. 치즈 가게. 독창성 부문에서 보자면 기발함은 꽝이지만, 하고 싶은 말은 다 담고 있는 이름이었다. 들어와서 둘러보세요, 원하시는 치즈는 다 있습니다, 하고.

가게를 처음 열던 날, 길 건너에서 포목상을 하는 머치닉 할머니가 선물을 가지고 들렀다. 숱이 거의 없는 머리로 간신히 쪽을 지고 다니는 진짜 할머니 같은 분이었다. 선물은 개업 선물 치고는 너무도 뜻밖이었다. 꽃도 아니고, 샴페인도 아니었다. 내가 선물을 풀어 볼 때까지만 해도(머치닉 할머니가 선물을 나한테 주었기 때문이다.) 그 선물이 내 삶을 바꾸리라고는 짐작도 못했다.

잠깐, 이야기가 너무 앞서 나갔다.

먼저 위생 검사 문제가 있었다.

음식을 파는 가게가 문을 열기 위해서는 꼭 갖추어야 할 필수 사항이 있다.

가게는 깨끗하게 유지해야 한다. 엄마가 방을 들여다본다고 서랍이나 침대 밑에 죄다 쑤셔 넣듯이 대충 치우는 거 말고, 정말 깨끗하게 말이다. 모든 시설에 티끌 하나 없어야 한다.

찬물과 더운물이 나오는 수도 시설이 있어야 하고, 화장실이 정비되어 있어야 한다.

냉동고도 일정 온도로 맞춰야 한다. 또 냉장 치즈 진열대에 맞추는 온도가 다르고, 가게 자체에서 유지해야 하는 온도도 다르다.

그리고 대개 가게라면 좋은 냄새가 나야 하는 법인데, 그리 어려운 일도 아니지만, 구릿한 냄새를 풍기는 치즈 가게에서는 이게 보통 일이 아니다.

우리가 검사관 앞에서 애를 먹은 것도 이 냄새 때문이었다.

검사관은 가게에 코부터 들이밀고 들어왔다. 콩만 한 뇌로 일하는 게 아니라 코가 대표로 일하는 듯했다. 검사관은 개업일보다 여러 날 앞서서 자주, 너무나 자주 찾아와서는 검사 기록판을 가게 앞 유리창에다 톡톡 치고 가느다란 손가락을 살짝 흔들었다.

검사관의 이름은 플레처 멜처였다. 꼭 내가 운을 맞춰 지어낸 이름처럼 들리겠지만, 아니다. 검사관 양쪽 콧구멍에 무성히 자란 코털도 내가 괜히 지어낸 소리가 아니다.

우리는 검사관을 '웩처 벡처'라고 불렀다. 치즈 파는 엄마 가게를 '치즈 가게'라고 무심히 이름 지었듯이, 웩처 벡처도 별 고민 없이 지은 이름이었다. 웩처 벡처는 우리 가게 문을 못 열게 하는 게 이 지구에서 살아가는 유일한 이유처럼 보였고, 하마터면 성공할 뻔했다.

우리가 치즈 판매를 개시하려던 날의 하루 전날, 냉동고가 멈춰 버렸다. 이 사실을 안 바로 다음 순간, 누가 가게에 왔겠는가? 그렇다. 웩처였다.

나는 학교에서 스쿨버스를 타고 가게로 왔다. 엄마는 내가 해변에서 그리 멀지 않은 조그마한 우리 집이 아니라 가게 근처에서 내리도록 바꿔서 신청해 주었다. 새 버스 안에서 누구도 내게 말을 걸지 않았지만, 그건 예전 버스에 탔을 때와 크게 다를 바 없었다.

난롯가 주류점에서 나와 굿 뉴스 초코바를 막 뜯으려는데 가게 앞쪽 창문으로 초조해하는 엄마 모습이 보였다.

엄마의 팔다리는 제자리에 가만히 있을 줄을 몰랐다. 짧고 삐죽삐죽한 머리는 엄마가 정신 나간 사람처럼 손가락으로 마구 쓸어 넘기는 통에 덥수룩했다. 엄마는 닉한테 소리를 지르고 있었고, 닉은 태연히 듣고 서 있었다. 이것은 다음의 특별한 두 가지 자질을 갖춘 자만이 보일 수 있는 태도였다.

첫째, 닉은 흔들리는 법이 없었다. 누군가는 난롯가 주류점이 가까이 있는 덕이라고 말할지도 모르겠지만 닉은 술꾼이 아니었다. 그저 이제 막 스무 살이 된, 파도타기를 좋아하는 젊은이일 뿐이었다. 느긋한 성격으로는 단연 최고였다.

둘째, 닉은 치즈에 대해서는 아는 게 거의 없었지만, 뭐든 못 고치는 게 없었다.

내가 가게 문을 열고 들어가자 종소리가 울렸다. 나중에 나를 미치게 만드는 종소리.

닉이 두 손을 내 어깨에 올리고는 초록빛 바다 색깔 유리 같은 눈으로 내 눈을 들여다보며 말했다.

"드루, 마침 와 줘서 정말 고맙다."

닉이 갖춘 뛰어난 자질 세 번째, 닉 드루먼드는 말도 못하게 잘생겼다.

"제발 네 어머니 좀 진정시켜 줄래? 밖으로 모시고 나가서 신선한 공기를 쐬게 해 드려. 아니면 담배라도 한 대 태우게 해 드리든가."

그러고는 닉은 냉동고로 사라졌다.

마지막 말은 닉이 농담이랍시고 던진 말이었다. 우리 엄마는 담배를 피우지 않았다. 치즈를 사랑하는 것만 빼면 건강에 무척 신경 쓰는 사람이었다. 엄마는 요가를 하고, 명상도 했다. 은은한 냄새가 나는 향수도 뿌렸는데, 일할 때만큼은 예외였다. 훅 풍기는 치즈 냄새를 놓치지 않도록 그 무엇으로도 손님을 방해해서는 안 된다고 생각했기 때문이다.

엄마가 말했다.

"이를 어쩌면 좋니."

"진정해요, 엄마. 일이 시원하게 뻥 뚫릴 테니까요."

닉을 안 지는 개업 준비를 시작한 뒤로 고작 한 달밖에 안 됐지만 닉이 쓰는 말투는 이미 완벽히 파악하고 있었다. 닉의 눈에 뜨일 만한 일이라면 무엇이든 터득해 두었다.

"아니야, 드루. '뻥 뚫릴' 일이 아니야. 플레처 멜처가 오고 있거든. 데이지가 전화해 줬어. 지금 막 계산서를 달라고 했대."

데이지 아줌마는 우리 가게에서 세 블록 떨어진 곳에서 작은 식당을 했다. 웩처가 거기서 점심을 먹었다는 것은 딱 한 가지, 우리 가게에 오겠다는 뜻이었다. 웩처는 우리 엄마와 우리 가게를 못 잡아먹어서 안달이었고, 그 사실은 유클리드 거리에서 장사하는 사람이면 죄다 알고 있었다.

내가 엄마한테 말했다.

"닉이 잘 고칠 거예요. 못하는 게 없잖아요."

엄마가 다가와서 내 머리를 쓰다듬었다. 그러고는 기특하다는 듯이 웃었다.

"아, 우리 티티는 너무 다정하다니까."

엄마는 카운터 뒤로 걸어가더니 굉장히 큰 얄스버그 치즈 덩이를 잡고 우리 둘이 한 조각씩 먹을 만한 크기로 잘랐다.

사람이 드나들 수 있는 커다란 냉동고 안에서 절거덕거리는 불안한 소리가 들려왔다. 엄마가 움찔했다. 나는 손가락으로 엄마 손에 들린 치즈 조각을 가리킨 뒤 엄마 입에 넣으라는 손짓을 했다. 엄마는 치즈를 한 입 베어 먹었다.

얄스버그 치즈는 안도감을 주는 치즈다.

예상대로 가게 앞 유리창에 기록판을 똑똑 두드리는 웩처의 모습이 나타났다. 손가락을 살짝 흔드는 모습도. 엄마는 마지못해 안으로 들어오라는 몸짓을 보였다.

웩처 벡처는 코를 허공에 딱 대고 치즈 진열대의 온도 조절 장치 쪽으로 직행했다. 6.6도. 딱 좋다.

웩처 벡처는 카운터 뒤로 돌아갔다. 조리대 위를 따라 달리는 손가락. 싱크대 확인. 비누. 크래커와 올리브 단지들을 놓은 선반 옆을 스르륵 지나, 사무실 뒤쪽과 불운의 냉동고로 향하는 발걸음.

웩처는 냉동고 손잡이 앞에 다다른 순간 문이 저절로 열리는 바람에 뒤로 풀쩍 물러섰다. 사람은 누구나, 우리 엄마조차도 치즈만으로 살 수 없는 노릇이라, 냉동고에는 우리가 치즈 말고도 팔려고 하는 소시지나 라자냐, 라비올리, 치킨 팟 파이 들이 들어 있었다. 냉동고 안에서 오래 있을 사람을 위해 가까이에 파카를 몇 벌 놔두었는데, 닉이 그중 하나를 입고 냉동고 문 안쪽에 서 있었다.

닉은 양 볼이 추위로 빨개진 채 웃음 짓고 있었다. 꼭 눈부시게 맑은 날에 눈으로 뒤덮인 산꼭대기에서 리프트를 타고 이제 막 내려온 모습 같았다.

웩처는 닉을 밀치고 냉동고로 들어가 온도 조절 장치를 확인했다. 그러고는 마지못해 고개를 끄덕인 뒤 직원 휴게실로 자리를 옮겼다.

엄마는 닉에게 엄지손가락을 추켜세워 주었다. 닉은 과장된 몸짓으로 고개 숙여 답례했다.

마침내 플레처 멜처가 가게에서 나가자, 닉은 냉동고를 고친 게 아니라 온도계만 잘 만져 놓았다고 했다. 그래서 닉은 파카 차림으로 냉기가 남아 있는 냉동고로 또다시 들어갔다. 30분 뒤에는 냉동고가 정상으로 돌아왔고, 열여섯 시간 뒤에는 정식으로 장사를 시작했다. 닉 드루먼드는 기적이나 다름없었다.

그다음 날 저녁, 우리는 접시에 치즈를 담고 플라스틱 컵에 와인을 따라 놓고 거창하게 개업식을 했다. 엄마는 사람들 사이를 지나다니며 포옹과 꽃과 부탁하지도 않은 조언들을 받았다. 그리고 머치닉 할머니가 포목상 문을 닫고 선물을 가지고 유클리드 거리를 건너왔다.

줄무늬 천에 싸인 선물의 맨 위쪽이 노끈으로 느슨하게 묶여 있었다.

할머니는 이렇게 생각했던 거다.

'정말 기발한 선물이야. 치즈를 파는 사람한테 딱이고말고.'

할머니는 네 블록만 가면 있는 '다정한 애완동물과 애완용품' 가게에서 그 선물을 사 왔다.

할머니는 선물을 엄마한테 주려고 했다가 곧바로 내게 주었다. 내가 외로워 보였기 때문이라고 했다. 친구가 필요해 보였다고.

“지금 열어 봐도 된단다, 얘야.”

나는 끈을 풀었다. 선물을 감싸고 있던 줄무늬 천 속에는 조그마한 철창 우리가 있었고, 그 안에는 쥐 한 마리가 들어 있었다.

그냥 평범한 쥐였다. 말을 하지도 않고, 마법의 힘도 없고, 내게 전할 가르침이나 나눠 줄 지혜도 없었다. 그건 그냥 쥐였다. 처음에는 비위가 상하기도 했지만, 갈수록 그 쥐를 끔찍이 사랑하게 되었다.

하지만 그래서 이 쥐가 내 삶을 바꿨다는 건 아니다.

어느 날 오후, 조그만 얼굴에 비해서 수염이 턱없이 길고 배 부분만 하얀 이 까만 쥐가 우리에서 도망친 덕분이었다. 그렇게 나를 에멧 크레인이라는 남자아이한테로 이끌었으니까.

2. 이름에 대하여

나는 가장 좋아하는 치즈 이름을 따서 쥐의 이름을 '험볼트 포그'라고 지었다. 특별히 정식으로 이름을 부를 경우에는 '험볼트 포그 장관 각하'이지만, 평소에는 '허밍'이라고 불렀다(험볼트에서 험, 즉 hum은 영어로 '콧노래를 부르다'라는 뜻이어서, '콧노래'라는 뜻의 '허밍'이라 부른 것이다. — 옮긴이).

이왕 허밍의 이름을 수고스럽게 설명했으니, 내 이름에 대해서도 한두 마디 해야 할까 보다.

'드루'는 내 진짜 이름이 아니다.

나는 '로빈'이라는 이름으로 이 땅에 태어났다. 그래서 우리 엄마는 아직도 나를 '티티'라고 부른다(영어로 로빈은 '개똥지빠귀'라는 새 이름이다. 개똥지빠귀는 티티새라고도 한다. — 옮긴이). 엄마가 닉 드루먼드 앞에서 나를 자주 티티로 부르는 것은 참혹한 일이다.

로빈 드루 솔로.

이게 내 진짜 이름이다. 우리 아빠 이름이 드루였다. 내가 사내아이였다면 내 이름도 아빠를 따라서 드루로 지었을 텐데 나는 분명 남자아이가 아니었다. 그래서 누구 하나 잘 알지도 못하고 별 신경도 안 쓰는, 소식 끊긴 지 백 년은 되는 친척 이름을 따서 로빈이라고 이름을 지었다.

그런데 우리 아빠가 죽었다. 나는 그때 고작 네 살이었다. 슬픔의 블랙홀에 빠진 엄마는 아빠 이름을 놓을 수가 없었다. 엄마는 자기가 아빠 이름을 부르는 소리를 하루에도 셀 수 없이 듣기 위해 내 이름을 바꿨다.

결국 엄마는 서류 문제도 처리하여 공식적으로 내 이름을 바꿨다. 그래서 내가 태어난 한참 뒤에, 여자아이임에도 불구하고, 나는 아빠 이름을 물려받게 되었다.

이렇게 해서 나는 '드루 로빈 솔로'가 되었다. 때로 티티로 불리는. 에멧 크레인은 그때 또는 그 이후로 나를 언제나 로빈이라고 불러 준 내 인생의 단 한 사람이다.

3. 아빠의 공책

어느 날 숄을 찾다가 그것을 발견했다. 엄마가 숄을 두른 모습은 본 적이 없었기 때문에 엉망진창인 엄마 옷장에서 숄을 찾을 이유는 없었다. 그래도 한번 들여다본다고 나쁠 것 같지는 않았다.

이번 학기 절반 동안 다들 허리춤에 후드 티를 묶고 다녔던 게 이젠 숄로 바뀌었다. 니트 숄을 삼각형으로 접어 가장 긴 부분이 엉덩이를 덮게 하면 최고였다. 우리는 캘리포니아에 살았고 무척 더운 달로 접어들었지만 전혀 문제될 게 없었다. 내 또래 아이들 대부분이 그렇듯, 특히 여자아이들에게 유행은 종잡을 수 없고 이치에 맞지도 않는 법이었으니까.

그래서 나도 숄이 하나 있어야 했다. 이제 막 가게를 열었기 때문에 숄 같은 걸 살 만한 돈은 치즈 조각을 포장하는 열밀봉 비닐랩을 마련하는 데 이미 다 들어간 뒤였다. 그래서 나는 엄마 옷장을 뒤지러 갔다.

숄은 아예 없었다. 내 엉덩이를 덮을 만한 것도 전혀 없었다. 하지만 그보다 훨씬 더 멋진 걸 발견했다.

나는 스웨터 더미 아래서 그걸 발견했는데, 옷은 몇 년 동안 손도 대지 않은 게 분명했다. 죄다 처음 본 스웨터들이었고(나는 엄마가 뭘 골라 입는지 늘 눈여겨봤다.), 곰팡내가 풀풀 나는 데다, 엄마 키는 크지도 않은데 그 옷들은 높은 선반에 놓여 있었기 때문이다. 의자를 두고 올라서도 손이 닿지 않을 만큼 선반이 높아, 차고에서 사다리를 꺼내 와야 했다. 사다리를 삐걱거리며 벌리자 녹 가루가 떨어져 내렸다.

퀴퀴한 냄새가 나는 스웨터를 하나씩 들어 올렸다가 죄다 퇴짜를 놓자, 마침내 바닥이 드러났다. 맨 밑바닥에 작문 공책 하나가 있었다. 겉표지에는 꼭 수신이 끝나 치지직거리는 텔레비전 화면 같은 무늬가 있었다. 이름과 과목을 쓰는 자리에 아무 글자도 적혀 있지 않아서 속도 깨끗한 줄 알았다.

나는 공책을 펼쳐 보았다.

누구 글씨체인지 알아볼 수가 없었다. 내가 흉내 내려고 애쓰는 엄마 글씨처럼 부드럽고 정확한 필기체가 아니었다. 작고 딱딱한 글씨체였다. 뭉툭하고 왼쪽으로 기울어진 남자 글씨체.

세상을 떠난 우리 아빠의 글씨체.

엄마 스웨터를 선반에 다시 쌓아 놓고, 금속 사다리는 접어서 차고에 갖다 놓고, 작문 공책을 내 방으로 가져와 바닥에 앉아 읽기 시작한 거 말고 달리 그럴듯한 선택이 있었을까?

공책에는 목록이 적혀 있었다.

아빠가 목록을 적어 놓은 공책이었다. 가장 좋아하는 음식부터(바닷가재 요리) 가장 싫어하는 밴드까지(도어즈) 모든 것에 대한 목록이었다.

가장 좋아하는 계절 : 제대로 추운 겨울.

좋아하는 장소 : 동틀 무렵의 샌프란시스코.

후회되는 점 : 너도나도 다 타는 한심한 유행이 되기 전에 오토바이를 타지 않은 일.

당황스럽던 순간 : 여자 친구 집에서 부모님과 저녁을 먹었는데 화장실이 막힌 일.

털이 덥수룩한 분홍 카펫에 앉아 공책을 처음부터 끝까지 다 읽었지만 그게 다가 아니었다. 거의 날마다 읽었다. 사람들이 성경을 보고 또다시 보듯이, 나도 읽고 또 읽었다. 그리고 마치 성경처럼, 아빠의 공책이 유난히 그리운 날들이 있었다.

나를 세차게 뒤흔들거나 깜짝 놀라게 한 부분이 있었는지는 말하기 애매하다. 전혀 몰랐던 사람에 대해 알아 갈 때에는 하나하나가 놀라움 그 자체로 다가오기 때문이다. 하지만 이건 말할 수 있다. 그날 오후, 어떤 문장이 내 가슴에 깃털처럼 살포시 내려앉았기에. 조금은 쓰라린 울렁거림을 멈추기 위해 왜 숨을 멈출 수밖에 없었는지.

두려운 점 : 우리 티티가 하늘 나는 법을 배우는 모습은 결코 볼 수 없으리라는 것.

4. 조심성은 내던지고

닉 드루먼드는 이탈리아제 스쿠터인 연두색 베스파를 타고 다녔다. 여름 방학을 코앞에 둔 어느 날 오후, 내가 스쿨버스에서 내리자 닉이 보도 연석에 스쿠터를 멈춰 세우고 특유의 환한 웃음을 눈부시게 지어 보였다.

"탈래?"

나는 원래 조심성이 많았다. 롤러코스터나 무서운 영화는 정말 싫었다. 편의점 밖에서 담배 피우는 여자아이들은 꼭 엄마 하이힐을 신고 돌아다니는 꼬맹이처럼 한심해 보였다.

나는 선택을 할 때마다 신중을 기해 왔다. 닉이 연두색 베스파를 멈춰 세우고 나를 태워 주겠노라고 말하던 그날 오후까지는. 나는 닉이 마음을 바꿔 그냥 휙 지나칠까 봐, 잠시도 망설이지 않고 타겠다고 대답했다.

가게까지 겨우 세 블록 남아 있어서 굳이 스쿠터를 탈 필요도 없었다. 그러나 스쿠터를 탈 필요가 있느냐 없느냐가 중요한 게 아니었다.

닉은 헬멧을 쓰는 법이 없었으니 내게 줄 헬멧이 있을 리 없었다. 그런데도 조심성 많은 나는 머뭇거리지 않았다. 헬멧을 안 써야 닉이 모는 베스파 뒤에 올라탄 사람이 바로 나라는 사실을 다들 똑똑히 볼 테니까.

나는 어깨 너머로 스쿨버스를 힐끔거렸지만 버스는 이미 출발하고 있었다. 우리는 엉뚱한 방향으로 향했다.

닉이 어깨 너머로 소리쳤다.

"난 30분 동안 휴식이야. 드라이브나 하고 가자."

나는 닉의 허리를 더 꽉 잡았다. 닉의 덥수룩한 금발이 내 볼에 휘날렸고, 한 가닥이 내 입속으로 들어왔다. 우리는 해안을 따라 쭉 달리다가 북쪽으로 포물선을 그렸다.

닉이 손잡이에서 한 손을 뗐지만 나는 겁내지 않았다. 닉이 손으로 바다를 가리켰다.

"저기 배럴들 좀 봐!"

잘은 몰라도 파도타기와 관련된 말인 것 같았다(배럴은 파도가 말리면서 생기는 통로를 뜻한다. – 옮긴이).

내가 소리쳤다.

"멋지다!"

닉은 작년 여름에 고등학교를 졸업하고 지역 주민을 위한 전문대 강좌만 몇 개 듣고 있었다. 엄마가 낸 신문 광고를 우연히 보기 전까지는 주유소에서 일했다. 닉은 치즈 가게에서 일하거나 학교에서 기계 공학을 공부할 때 말고는 언제나 바닷가에 가 있었다. 닉한테서는 바다 같은 냄새가 났다.

닉의 엄마는 술집에서 만난 남자를 따라 무작정 아르헨티나까지 가서는 돌아오지 않았다. 닉에게는 아파트와 1년치 집세, 그리고 자기가 몰던 낡은 베스파를 남겼다. 닉은 열일곱 살 때부터 혼자 살았고, 내가 보기에 참 기특하게 잘 살고 있다.

닉은 우리 엄마의 첫 번째 직원이었고, 엄마는 그런 닉을 끔찍이 아꼈다. 엄마는 닉이 현재 상태에서 앞으로 더 나아가기를 바랐고, 닉이 진짜 대학에 가길 원했다. 인생을 더 진지하게 생각하기를, 타고난 재능을 낭비하지 않기를 바랐다. 가을이 되자, 닉의 형편에 맞지도 않는 학교가 분명한데도 지원서를 써 보라며 날마다 들볶기에 이르렀다. 특히 닉이 이런저런 사연을 모두 겪은 시점이었는데, 어쨌든 그 이야기를 하려면 아직 한참 남았다.

이런 6월 초의 어느 오후, 한 손으로 꼽을 수 있을 만큼 여름 방학이 며칠 안 남았을 때였다. 다른 아이들은 집을 떠나 하이시에라 산으로 캠핑을 가거나, 멀리 떨어져 사는 할아버지 집에 놀러 가거나, 혹은 지역 강좌에서 그림이나 사진을 배울 계획을 세우고 있었다.

나만 빼고.

가게에는 내가 해야 할 일이 줄 서 있었다. 나는 바닥을 쓸고 조리대 위를 닦았다. 쓰레기를 내다 버리고, 창문을 닦고, 때로는 냉동고에 들어가 상품 정리까지 했다. 이보다 완벽한 일은 없었다.

닉이 끼이익 소리를 내며, 베스파를 멈춰 세우려고 뒷부분을 이리저리 기울여 미끄러뜨렸다. 닉이 과시하려고 그랬다는 생각이 절로 들었다(나한테 말이다!). 나는 닉을 더 꼭 잡고 닉의 등에 얼굴을 묻었다. 이렇게 닉 드루먼드 허리에 팔을 두른 채 숨을 거둘지도 모를 일이었다. 더 나쁜 방법으로 죽을 수도 있을 테고.

닉이 시동을 껐다. 나는 비로소 닉을 놓아주고 숨을 가다듬었다. 그제야 허밍 생각이 났다.

허밍은 내가 언제나 두는 그 자리, 가방 속 우리 안에 있었다. 나는 책 대신, 우리가 이리저리 돌아다니지 않도록 가방 바닥에 넝마 조각들과 헌 티셔츠를 잔뜩 채워 가지고 다녔다. 허밍이 파고들기를 좋아해서 우리 안에 발가락 부분을 잘라 낸 양말도 넣어 두었고, 간식으로 허밍이 가장 좋아하는 마카다미아씨도 얼마쯤 껍데기째 넣어 두었다. 책은 갈색 종이 봉지에 넣어 학교에 두었는데, 학기도 거의 끝나가던 터라 책 볼 일이 거의 없었다.

나는 가방 지퍼를 열고 조심스레 우리를 꺼내어 철망 안을 들여다보았다.

"허밍?"

쥐는 토할 수 없는데 그때는 그런 줄도 몰랐다. 나중에 쥐에 대해서 샅샅이 알게 되었을 때 배운 사실이다. 그래서 거칠게 해안가를 달렸다 돌아온 뒤라, 가방에서 허밍을 꺼내면 온몸이 토사물로 뒤덮여 있을 줄 알았다.

그러나 허밍은 깊이 잠들어 있었다.

나는 닉이 가게로 들어가는 모습을 힐끔 보았다. 주차장에 나만 남겨 두고 가 버린 거다. 허밍과 쓸데없는 걱정을 하는 나를 놔두고. 닉 드루먼드 같은 남자를 먼발치에서 사랑할 때 생기는 이런 장면이 잔인하면서도 어쩔 수 없는 일로 느껴지는 순간이었다. 닉한테 나는 그저 쓸데없는 걱정이나 하는 꼬마일 뿐이었다.

나는 우리를 다시 가방에 넣고 지퍼를 닫았다. 내가 허밍을 어디든 데리고 다닌다는 사실을 엄마는 알지 못했다. 게다가 학교가 끝난 뒤 허밍을 치즈 가게로 데려온다는 사실은 더더욱 몰랐다. 국민건강법이 적힌 커다란 스프링 공책을 본 적은 없지만, 가게에서 쥐를 키우면 안 된다는 사항은 적혀 있을 게 뻔했다.

한참을 달리고 난 뒤라 내 얼굴이 아직 벌겋게 달아올라 있었다. 갑작스런 나의 조심성 결핍 때문에. 허밍에 대한 걱정 때문에. 입에서 느껴진 닉의 금발 맛 때문에.

이런 게 얼굴에 다 쓰여 있을 걸 알고 있었다. 내 얼굴은 통 감출 줄을 몰랐으니까.

엄마는 뒤쪽 방에 있는 책상에 앉아 계산기를 격렬하게 두드리고 있었다. 가늘고 기다란 계산서가 바닥까지 흘러내려 엄마가 앉은 의자 다리께에 말려 있었다.

엄마는 나를 보지도 않고 팔을 뻗어 바람에 날린 내 머리를 쓰다듬었다.

"안녕, 우리 티티. 오늘 하루는 어땠니?"

내가 입을 여는 순간 가게 문에 걸린 종이 울렸다. 누군가가 들어와 생넥테르 치즈 한 조각을 찾았고, 엄마는 내 대답은 기다리지도 않고 나가 버렸다.

5. 스우지 아줌마

스우지 아줌마는 치즈로 유명한 위스콘신 주에서 왔다.

나는 위스콘신 주가 낙농업뿐만 아니라, 인류가 아는 한 가장 큰 가슴을 키우는 데 종사하는 곳이리라는 결론을 내렸다. 스우지 아줌마 가슴이 엄청나게 컸기 때문이다.

내 가슴은 아직 이렇다 할 소식이 없었는데, 마음이 급하지는 않았지만 열네 살 여자아이의 관심사에서 가슴은 꽤 많은 자리를 차지했다. 우리 반 여자아이들은 대부분 브래지어를 하고 있었고, 그러한 사실에 대해서 투덜거리기는 했지만 수상쩍게도 꼭 자랑하는 투로 들렸다.

나도 때가 되면 스우지 아줌마와 우리 엄마 중간 어디쯤 정도이고 싶다.

주근깨가 많고 창백한 스우지 아줌마는 엄마보다 한 살이 많았고, 이혼 절차를 밟는 중이었다. 아이는 없었다.

"내가 서쪽으로 온 이유는 인생을 새롭게 시작하고, 내 안의 또 다른 모습을 찾고, 내 마음속에 뿌리박힌 위스콘신에서 벗어나기 위해서예요."

스우지 아줌마는 이렇게 말하길 좋아했지만, 그 뿌리에서 멀리 가지도 못한 채 치즈 곁에서 맴돌고 있었다.

스우지 아줌마는 나를 볼 때마다 꼭 안아 주었다. 만날 때마다. 아주 오랜만에 만난 사람과 나눌 법한 포옹이었다. 아줌마는 내 머리카락을 뒤로 쓸어 넘기며 이렇게 말하곤 했다.

"스우지 아줌마가 아직 모르는 게 있으면 말해 보렴."

아줌마는 이모나 고모로서의 역할을 중요하게 생각하는 사람이었다. 이름도 조카들이 '수지'라는 발음을 제대로 못해서 '스우지'가 되었다. 아줌마는 지갑에 위스콘신에 두고 온 조카들, 주근깨투성이에 창백한 아이들 사진을 두툼하게 넣고 다녔다. 나는 아줌마가 새 삶에서 만난 유일하게 어린 친구였기 때문에, 아줌마가 내뿜는 이모다운 에너지를 그대로 받아 주었다.

스우지 아줌마는 자신을 중매쟁이로 여겼다. 결혼 생활에 실패한 뒤로 다른 사람들에게 사랑을 찾아 주는 일에 더 열을 올리게 되었는데, 이것 때문에 정말 짜증이 났다. 엄마나 닉 드루먼드가 사랑에 빠지는 모습은 눈곱만큼도 보고 싶지 않았건만, 이 두 사람이 스우지 아줌마의 주된 표적이었기 때문이다.

남자들 몇 명은 일주일에 두 번쯤 규칙적으로 와서 부드러운 프랑스 치즈와 이탈리아 치즈를 비교하며 엄마와 오래도록 의견을 나누곤 했다. 논의 대상은 버진 올리브 오일과 엑스트라 버진 올리브 오일로 바뀌기도 했다. 와인에 대한 이야기를 나누기도 해서, 엄마는 바로 옆 난롯가 주류점에서 살 수 있도록 와인 추천 목록을 적어 주곤 했다. 내가 보기에는 그저 음식을 좋아하는 남자 손님들일 뿐인데, 스우지 아줌마는 '치즈 가게 미인'을 힐끔거리러 온 거라고 주장했다.

나는 엄마가 치즈와 나밖에 모른다고 생각했다. 엄마는 아빠가 세상을 떠난 뒤로 누군가와 데이트를 한 적이 없었고, 그랬다고 생각하고 싶었다.

닉이야 뭐, 여자 문제라면 굳이 스우지 아줌마가 도와줄 필요도 없었다. 스우지 아줌마가 귀여운 여자아이들을 콕콕 집어내는 걸 말릴 수는 없었지만. 게다가 여름이 다가오고 있었다. 귀여운 여자아이들은 어디든 있었고, 그 애들은 가느다란 끈이 달린 원피스를 입거나 그보다 덜 입는 때도 있었다.

스우지 아줌마는 이야기를 나누기 편한 사람이었다. 우리는 누구도 우리 이야기를 들을 수 없는 냉동고 안에 앉아서, 아줌마는 소스들을 선반에 올려 두고, 나는 허밍을 무릎에 놓고 얇은 얼음 조각을 먹이곤 했다. 아줌마는 허밍이 가게에 오는 것을 비밀로 해 주었다. 엄마가 눈치챈다 해도 모든 책임은 내가 질 생각이었다. 아줌마를 배신할 생각은 눈곱만큼도 없었다. 우리는 서로 믿는 사이였으니까.

누구에게도 물을 수 없는 질문도 스우지 아줌마한테는 물어볼 수 있었다. 이를테면, 푸맨추가 뭐냐는 질문 같은 거.

푸맨추는 아빠의 목록 중 '가장 큰 실수'에서 나온 말이었다. 아빠 이야기를 꺼내면 엄마가 몹시 슬퍼할 것이기 때문에, 아빠 공책에 적힌 내용에 대해서는 엄마한테 절대 묻지 않았다. 게다가 엄마는 내가 아빠 공책을 훔쳐 온 사실도 모르고 있었다. 내가 그 공책을 침대 매트리스 밑에 숨긴 것도, 수많은 밤 잠들기 전에 누비이불 아래서 손전등으로 비추며 공책을 읽는다는 사실도 몰랐다.

스우지 아줌마가 말했다.

"푸맨추(푸맨추는 영국 소설가 색스 로머 작품에 나오는 악당으로, 가늘고 기다란 팔자수염을 하고 있다. 영국에서 크게 인기를 끌어 그런 모양을 한 수염에 푸맨추라는 이름이 붙었다. – 옮긴이)라는 콧수염 모양이 있어. 아주 가느다랗고 보기 흉한 수염이지.”

나는 우리 아빠 같은 빨강 머리 아일랜드 남자한테는 그 수염이 유난히 어울리지 않았으리라 생각했다.

아줌마한테 제럴딘 무어에 대해서도 물었다. 제럴딘은 한 학년 위인데, 키는 나보다 5센티미터 작고 아이라이너를 검게 칠하고 코르크 샌들을 신고 다니는 여자아이였다. 제럴딘이 더그 젠센과 피터 메이슨, 에릭 슈트라우스와 남자 화장실에 몰래 들어갔더라는 말을 들었다. 그래서 어떤 상황이었다는 건지 당최 알 수가 없었는데, 몰라서는 안 되는 일이었다. 모두가 알고 있었으니까. 그래서 나도 무슨 일인지 안다는 듯이 한숨을 내쉬고 고개를 끄덕이기는 했어도, 사실은 어찌된 일인지 전혀 몰랐다.

스우지 아줌마는 이렇게 말하곤 했다.

“아아, 티티, 중학교는 신기한 생명체들이 사는 이상한 나라란다. 대학에 갈 때까지는 숨죽이고 조심조심 얌전히 지내는 게 최선이야.”

이 말은 이미 내가 살고 있는 모습을 훌륭히 정리한 표현이다. 기다려 보기. 정확히 뭘 기다리는지는 몰라도.

내가 아는 건 내겐 아무 일도, 중요하게 꼽을 만한 그 어떤 일도 일어나지 않는다는 점이었다. 엄마에게는 치즈가 중요하고, 닉에게는 파도타기가 중요했지만 내게는 그처럼 중요한 것이 없었다. 나는 내 삶이 시작하기를 숨죽이며 기다리고 있었다.

지나고 보니, 숨죽일 날이 오래 남은 것도 아니었다.

6. 친구에 대한 내력

나한테 친구가 없었다는 건 아니다. 있었다. 단지 이 지구상에서 스우지 아줌마나 닉과 함께 어울리길 더 좋아했을 뿐이다.

어떻게 들릴지 잘 안다. 내가 또래들과 말하는 방법을 모르는 아이처럼 들릴 것이다. 내 농담은 썰렁하고, 또래처럼 옷을 입을 줄도, 또래들이 듣는 음악을 들을 줄도 모른다고들 생각하겠지. 그래도 늘 친구는 있었다.

증명할 수 있다.

스테파니아 알레시오

그 애는 우리 집에서 두 집 건너에 살았는데 나보다 3주 늦게 태어났다. 아빠가 돌아가신 뒤에 우리가 이사하는 바람에 그 시절을 대부분 기억하지 못하듯이, 스테파니아도 기억이 안 난다. 하지만 엄마는 늘 그 애가 내 첫 번째 친구였다고 말했다. 둘이 집에서 몇 시간씩 어울려 놀았다면서. 베이비시터도 한 명이었는데, 그녀는 우리 둘을 트위들덤과 트위들디라고 불렀다고 했다(트위들덤과 트위들디는 《거울나라 앨리스》에 나오는 쌍둥이 형제다. — 옮긴이).

나는 스테파니아를 자주 떠올렸다. 사람들이 생각하기에, 전혀 기억 안 나는 사람에 대해 얼마나 떠올려 보았겠나 싶은 것보다는 더 자주. 아빠가 세상을 떠나지 않았더라면, 우리가 이사하지 않았더라면, 스테파니아 알레시오와 내가 가장 친한 친구가 되었을까. 상대방이 말을 하다가 끊어도 뒷문장을 대신 말해 줄 수 있을 만큼 친한 친구로 말이다. 사람들 입에서 "재네 둘 좀 봐."라는 말이 나올 만큼 친한 친구로.

나는 친구가 생겨도 어쩐지 늘 '혼자'라는 느낌이 들었다. 나 하나. 나 혼자.

덤 없는 디.

아론 핑클스타인

유치원, 파랑 반. 우리는 나란히 누워서 낮잠을 잤다. 아론의 주황빛 곱슬머리가 가끔 내 요 위로 넘어왔다. 아론은 엄지손가락을, 나는 집게손가락을 빨았다. 우리는 공통점이 참 많았다.

그러다 2학년이 되어 남자아이는 여자아이를 가장 친한 친구로 둘 수 없게 되었을 때, 아론을 가빈 벨한테 뺏기고 말았다.

조지아 맥널티

그 애는 에펠탑에 대한 조사를 할 때 짝꿍이었다. 4학년 때 셔먼 선생님 수업이었다. 과제 때문에 조지아가 우리 집에 왔다. 그때는 엄마가 치즈 가게를 하기 전이었고, 명절용 장식품 통신 판매를 시작하려고 집에서 준비하고 있었다.

우리가 배고파하자, 엄마가 에클레어(에클레어는 크림을 넣고 위에 초콜릿을 씌운 길쭉한 케이크로, 프랑스에서 인기 있는 디저트다. - 옮긴이)를 주었다. '에클레어'를 프랑스 악센트로 형편없이 발음하면서. 조지아 맥널티는 소리 내어 웃더니 "엄마가 재밌으시다."라고 나한테 속삭였다. 그러고는 잠시 뒤에 자기는 과학 선생님한테 홀딱 반했다고 털어놓았다.

과제는 한 달쯤 계속되었고, 조지아 맥널티는 우리 집에 일곱 번 들렀다. 우리는 클립으로 에펠탑과 똑같이 만들어 A를 받았다. 그리고 며칠 뒤, 조지아 맥널티가 여러 사람한테 우리 집이 조그맣고 지저분하다고 흉보는 소리를 들었다. 둘 다 맞는 말이었지만 어쨌든 그 뒤로는 조지아 맥널티와 말하지 않았다.

앨리슨 사무엘

아이들은 앨리슨 사무엘이 자기 코딱지를 먹었다고 말했다. 사실인지 아닌지 아무 증거도 없었지만, 여자아이가 자기 코딱지를 먹었다고 한번 알려지고 나면 그런 평판은 계속 따라다니게 마련이다.

나는 앨리슨이 안됐다고 생각했다. 그러나 이제 와 생각해 보면, 동정심은 우정을 쌓는 토대로는 그리 좋지 않은 법이었다. 우리는 5학년 때 옆자리에 앉기 시작했다. 마침내 각자 앉을 자리를 골라도 된다는 허락을 받았기 때문이다. 자리 선택, 모두들 앨리슨 사무엘 옆에 앉기 싫어한다는 사실과 내 옆에 앉을 마음이 없어 보인다는 사실을 감안할 때, '자리 선택'이란 말은 우리 둘에게는 과한 표현이었다. 나는 아이들에게 어떤 아이로 통하는지 궁금해졌다.

나는 어떤 수식어구가 따라다니는 아이였을까?

앨리슨은 학교를 싫어했고, 학교에 있는 모든 사람을 싫어했다. 미술 선생님이 셔츠를 치마 속에 쏙쏙 넣어 입는 모습도 싫어했고, 체육 선생님이 껌 씹는 방법도 싫어했다. 증오심이 흔히 그렇듯, 이런 태도가 나한테도 그대로 옮는 바람에 나는 5학년 대부분을 꽤 비참하게 보냈다.

이윽고 앨리슨의 부모님은 앨리슨이 새 출발을 할 수 있도록 사립 학교에 보내기로 결심했다. 콧속 내용물을 먹는다는 평판이 없다 하더라도 거기서 그 애가 조금이나마 더 행복해졌을지는 미심쩍다.

조지아 맥널티

조지아가 사과도 없이 내 인생에 돌아왔다. 조지아와 말을 하지 않기로 결심한 몇 년의 공백기 동안 내가 경솔했다고 느꼈기 때문에, 나로서는 불만이 없었다.

조지아는 여느 때처럼 베아트리스랑 제니스와 같이 자기 사물함 옆에 서 있었다. 점심시간 직전이었다. 나는 신발 끈을 묶으려고 걸음을 멈췄다. 새 신발 끈이었다. 흔히 하는 따분한 흰색 끈이 아니라 무지갯빛 끈이었는데 원래 롤러스케이트 끈으로 나온 거라 무척 길었다.

조지아가 나를 불렀다.

"안녕, 드루. 우리랑 안토니오에 갈래?"

나는 잠시 가만히 있었다. 6학년들이 가장 좋아하는 농담인 "그냥 해 본 소리야."라는 말이 나오기를 기다리면서. 하지만 조지아는 나를 초대한 채로 가만히 있었다.

내가 대꾸했다.

"그래."

나는 조지아와 조지아의 두 절친과 함께 학교를 나와 안토니오 식당으로 점심을 먹으러 갔다. 그래도 된다고 저마다 부모님께 허락을 받은 상태였다. 그렇게 나는 아이들과 앉아서 이야기를 하고 웃기도 했다. 때때로 아이들 한 명이 내게 질문을 던지거나 자기 생각을 말하면 나도 뭐라고 대꾸하기도 했다. 때로는 아이들이 "말도 안 돼."라고 했는데, 그건 사실 내가 재미있는 말을 했다는 뜻이었다. 그러다가 때로는 내가 무슨 말을 해도 아무 말도 안 한 사람처럼 대하기도 했다.

그다음에 지금까지 쭉 이렇게 비슷한 식이었다.

그 아이들은 내 친구였지만, 제럴딘 무어가 그 많은 남자아이들과 화장실에서 무슨 일을 벌였는지 물을 수 있는 사이는 아니었다. 또 아빠 공책에 적힌 것들에 대해 물을 수 있는 친구들도 분명 아니었다.

그럼에도 불구하고 내가 친구 집단에 속해 있다는 점은 감사한 일이었다. 하지만 그날 아침 무지갯빛 끈이 이중 매듭으로 튼튼히 묶여 있었더라면 6학년과 7학년(미국의 7학년은 우리나라의 중학교 1학년에 해당한다. - 옮긴이) 내내 외톨이로 지냈을지도 모른다는 의심을 떨칠 수가 없다.

이번 여름은 친구가 없는 느낌을 맛볼 것 같다.

친구들이 모두 가 버렸다. 조지아와 베아트리스와 제니스는 런던에서 가까운 기숙사로 8주 프로그램을 받으러 떠났다. 조지아는 연기를 배우고 있었는데 베아트리스와 제니스도 같이 배웠다. 조지아가 배우는 거니까.

나는 신경 쓰지 않았다. 마음이 놓이기까지 했다. 아이들은 런던행 표를 사기 전부터 어느 정도 나를 제쳐 두기 시작했다. 그 애들은 사귀는 남자 친구가 있었다. 그 애들은 자기 부모님을 싫어했다. 그 애들은 내가 왜 학교가 끝난 뒤, 땀에 전 발 냄새처럼 구린내를 풍기는 가게로 가서 많은 시간을 보내며 좋아하는지 이해하지 못했다. 걔들은 쥐를 보면 꽥 비명을 질러 댔다.

어쨌든 내게는 아직 스우지 아줌마가 있었다. 내게는 아직 닉이 있었다. 내게는 아직 허밍이 있었다. 그리고 내게는 아직 엄마가 있다고 생각했다.

7. 엄마한테서 사라지는 행동들

어쩌면 뱀처럼 돌돌 말린 기다란 계산서가 첫 번째 신호였는지도 모른다. 아니면 엄마가 요가 하는 모습이 줄었다거나, 치즈를 더 많이 먹는데도 불구하고 몸무게가 줄어드는 게 신호였는지도 모른다.

나는 사업을 새로 시작한다는 게 어떤 모험인지 굳이 생각해 본 적이 없었다. 스트레스 받는 일이 얼마나 많을지에 대해서도. 내게는 가게가 온갖 재미와 모험거리로 가득한 곳이자 많은 시간을 보낼 수 있는 장소였다.

나는 1년 내내 학교에서 도망칠 수 있기만을 꿈꿨다. 좁은 복도, 연필과 분필 냄새, 투명 인간으로 지닌 참담한 무게에서 벗어나기를. 내가 바라는 건 닉의 곁에 있는 것, 새로 들인 파스타 기계에서 닉이 일하는 모습을 바라보는 거였다. 닉은 오징어 먹물 링귀니 만드는 법을 알려 주겠다고 약속했다. 그걸 만들다 보면 먹물 때문에 며칠은 두 손이 회색으로 물들었다.

이 새 기계가 몇 달치 가겟세와 맞먹는다는 사실도 내게는 중요하지 않았다. 닉은 이 기계를 참 좋아해서, 고장 난 전자 장비 전문가뿐만 아니라 가장 손쉽게 가장 맛있는 생면 파스타를 만드는 장인이 되었다. 내가 보기에는 투자한 만큼 본전 뽑는 일이었다.

하지만 내가 뭘 알겠는가?

'불경기'나 '경기 침체'라는 말이 들려도 흘려 넘겼다. 진중한 남자 목소리가 라디오에서 웡웡거리며 흘러나올 때도 내가 생각하는 거라고는 고작 어떻게 하면 다이얼을 키스에프엠(키스에프엠, 즉 Kiss FM은 미국의 대형 라디오 방송국이다. – 옮긴이)으로 바꿀까 하는 것뿐이었다. 그런 말들이 우리 엄마 같은 영세 기업인의 간담을 서늘케 한다는 사실은 이해하지 못했다.

1년 전쯤 있었던 냉동고와 웩처의 위기일발 순간 이후로 잘 풀리는 듯이 보인다는 것 정도가 내가 아는 전부였다. 우리는 후식도 취급하려는 참이었다! 완벽한 여름이 펼쳐지고 있었다.

내가 일하기로 한 첫날 월요일, 엄마는 내가 일어났을 즈음에 이미 나가고 집에 없었다. 가게는 10시가 되어야 문을 열었다. 그래서 언제나 10시가 되면 엄마가 거대한 열쇠 뭉치를 들고 가게로 들어가, 밖에서 기다리고 있는 손님 한두 명에게 앞문을 열어 주고 있겠거니 생각했다.

학교 가는 날에는 7시 42분에 버스를 탔다. 엄마는 창문 너머로 손을 흔들어 주었다. 주말이면 내가 11시까지 잠을 잤기 때문에(잠자기를 좋아하는 건 새로 생긴 현상이다.) 토요일에 일어났을 때 엄마가 나가고 없다는 사실은 놀랄 일이 아니었다. 일요일에는 가게 문을 닫았다. 일요일은 우리가 함께 시간을 보내는 날이었다.

아침에 내가 9시에 아래층으로 내려가니 식탁에 놓인 딱딱해진 잉글리시 머핀 옆에 쪽지 한 장이 있었다. 쪽지 왼쪽 귀퉁이에는 시간이 쓰여 있었다. 엄마는 언제나 몇 시 몇 분까지 적어 두었다.

7:51

티티야,

가게는 쉬렴. 오고 싶으면 언제든 오고, 아니면 아예 오지 말고. 오늘은 여름 방학 첫날이잖니. 너는 자유란다! 마음껏 즐기렴! 어떤 결정을 내리든 엄마한테 알려 주고.

엄청 사랑한다.

엄마는 언제나 쪽지 쓰는 시간을 적고, 언제나 '엄청 사랑한다.'로 끝냈다. 기분 좋은 내용이 아닐 때조차도 말이다. 잔뜩 쌓인 더러운 접시 꼭대기에서 나타나곤 하는 쪽지처럼.

3:27

티티야,

이 접시들을 누가 닦아야 한다고 생각하니? 엄마니? 내 생각에는 아니야! 이 집을 호텔로 여기지 말아 줄래? 우리 집에 청소 담당은 따로 없는 걸로 지난번에 합의 봤으니까.

엄청 사랑한다.

엄마는 왜 오늘 하루 쉬라고 했을까? 내가 일하는 첫날인데. 엄마는 내가 필요할 텐데, 안 그런가? 닉한테도 내가 필요했다. 월요일은 라비올리(라비올리는 이탈리아식 만두로, 밀가루 반죽에 소를 채워 넣고 네모난 모양이나 반달 모양으로 빚어 삶는다. - 옮긴이)를 만드는 날이었다. 닉은 앞으로 사흘 동안 판매할 신선한 라비올리를 넉넉히 만들고, 냉동고에 넣어 둘 것을 더 만들 터였다.

나는 샤워를 한 뒤 뭘 입을지 너무 많이 고민했다. 나는 새 양말을 신었다. '쉬는 날을 순조롭게 시작하는 방법 : 새 양말 꺼내 신기'라는 목록에 따라서.

나는 허밍을 가방에 잘 넣고 걷기 시작했다. 3킬로미터가 조금 넘는 거리였다. 자전거를 탈 수도 있었지만 안전 모자 때문에 머리 모양이 망가질까 봐 그만뒀다.

가게에 도착했을 때 엄마는 전화를 받고 있었다. 엄마는 나한테 손을 흔들어 주고는 손가락으로 자기한테 총을 쏘는 시늉을 하더니 눈을 치켜떴다. 나는 다 재미나게 받아들였고, 장사가 망해 가는 어려운 시기라는 사인은 전혀 읽지 못했다.

나는 게시판 앞으로 가 근무 기록표에서 내 이름을 찾았다. 내 이름이 없었다. 엄마한테 물어보려고 돌아섰지만, 엄마는 손바닥을 척 들어 보였다. 지금 이 전화를 방해할 생각은 하지도 말라는 신호였다.

나는 앞치마를 집어 들고 허밍이 잘 있는지 아무도 모르게 재빨리 가방 안을 들여다봤다. 그러고는 뒷문 옆에 있는 고리에 가방을 건 다음 파스타 기계 쪽에 있는 닉에게 갔다.

우리는 파스타 기계를 앞쪽 창문 바로 앞에 두었다. 사람들은 걸음을 멈추고 닉이 파스타 만드는 모습을 보길 좋아했다. 아이스크림이 뚝뚝 떨어지는 콘을 꽉 쥔 아이들과 함께 가는 엄마들, 조그만 개를 끈으로 잡아당기는 운동복 차림의 아가씨들, 벌 떼처럼 뭉쳐 다니는 걸 스카우트 복장의 여자아이들.

닉은 머리카락에도 밀가루를 묻히고 있었다.

"안녕, 꼬맹아."

나 참, 닉이 나를 꼬맹이라고 부를 때가 얼마나 싫은지.

닉은 등받이도 팔걸이도 없는 둥근 의자를 툭툭 두드렸고, 나는 그 위로 올라섰다.

"손?"

나는 닉에게 깨끗한 두 손을 앞뒤로 보여 주었다. 닉은 내 두 손을 재빨리 한 번 꽉 쥐었다.

"이걸 같이 하자."

우리는 호박 라비올리를 만들기 시작했다. 나는 라비올리에 넣는 소에서 풍기는 달콤한 시나몬 냄새가 참 좋았다. 그러나 먼저 소를 넣을 피를 만들어야 했다.

나는 소매를 걷어 올렸다. 기계에서 첫 번째로 노란 에그 파스타가 나왔다. 파스타 기계를 보면 늘 내가 무척 좋아하던 색점토가 떠올랐다. 닉은 파스타를 잘라서, 내가 팔뚝으로 밀며 폭 30센티미터로 만든 피 위에 놓았다. 내가 아래를 내려다보고 밑면을 봤더라면 피가 너무 얇다는 걸 알았을 것이다.

내가 말했다.

"완벽해."

파스타만을 두고 말한 게 아니라, 오늘 하루가 그랬다. 앞으로 올 날도 그럴 터였다. 바로 이거였다. 내가 기다려 온 게 바로 이거였다. 닉과 함께 있는 여름. 내가 도움이 되는 자리에 있기. 내가 아니면 라비올리가 너무 얇다는 사실을 누가 확인하겠는가?

아침은 내가 기대한 대로 지나갔다. 엄마는 전화를 끊을 줄을 몰랐다. 스우지 아줌마가 카운터를 맡았다. 내가 호박으로 만든 소를 조그마한 사각형 피 안에 넣으면, 닉이 갈라진 포크 끝부분으로 속을 봉했다.

그런 뒤 닉의 점심시간이 되었다.

그 여자가 탱크톱에 허리에 주름을 잔뜩 잡은 풍성한 치마 차림으로 유리창 앞에서 닉을 기다리고 있었다. 사람들이 걸음을 멈추고 닉이 파스타 만드는 모습을 바라보는 바로 그 자리였다. 둘은 아마도 그런 식으로 만나지 않았을까. 몇 주 동안, 또는 몇 달 동안이나 여자가 창문 밖에서 닉을 바라보다가 용기를 내어 안으로 들어와, 아주 가느다란 파스타는 얼마나 오래 끓여야 하는지 물은 거다.

닉은 그런 파스타 이름을 정확히 카펠리니라고 말해 줬겠지. 그러다 서로 웃음을 나눴고 말이다.

오늘 닉은 삼각형 모양의 브리 치즈와 바게트를 집어 들었다. 샘플로 내놓은 무화과 잼 남은 것도 집었다. 닉은 이걸 다 가방에 쑤셔 넣은 뒤 어깨에 휙 걸치고는, 사람 미치게 만드는 종소리를 울리며 가게 문을 열고 나가 맨팔을 훤히 드러내고 있는 여자에게 곧장 걸어갔다. 여자는 닉의 베스파 뒤에 올라앉아 그의 허리를 두 팔로 감싸 안았고, 둘은 사라졌다. 닉의 점심시간은 30분간이었다.

닉은 33분 만에 돌아왔다.

나는 그 33분을 스스로에게 격려하는 말을 건네며 보냈다.

'닉한테 여자 친구가 있어. 닉한테 여자 친구가 있는 건 당연해. 어떻게 닉한테 여자 친구가 없겠어?'

나는 엄청나게 큰 파카를 입고 냉동고 안에 앉아서 마음을 추스르려고 애썼다.

내가 그곳에 있는 걸 스우지 아줌마가 발견했다. 나는 허밍에게 말하는 척하면서 혼잣말을 했는데, 그러고 있으니 좀 덜 한심해 보인다는 생각이 들었다.

스우지 아줌마가 내게 팔을 둘렀다.

"있잖아, 티티야, 이건 네가 걱정할 일은 아니란다."

"걱정하는 거 아니에요."

"이건 어른들 일이야."

스우지 아줌마는 팔을 뻗어서 내 꽁꽁 언 볼을 쓰다듬었다.

"게다가 넌 아직 어린아이니까."

스우지 아줌마는 그동안 나를 어린애 대하듯 말한 적이 없었다. 추위보다도 쓰라린 말이었다.

"혼자 있고 싶어요."

스우지 아줌마는 여전히 내 옆에 앉아 있었다.

"여기서 뭐 필요한 거 없으시면 그만 좀……."

내가 되받아치려고 떠올린 말 중에 가장 쌀쌀맞은 말이었다.

"그럴까?"

"네."

스우지 아줌마는 밖으로 나갔다. 냉동고에서 나와 엄마가 아직도 책상 앞에 앉아 수표를 쓰고 있는 모습을 보고 나서야, 아줌마가 닉과 닉의 새 여자 친구에 대해 말한 게 아닐지도 모른다는 생각이 퍼뜩 들었다.

어쩌면 엄마와 가게에 대해서 말한 건지도 몰랐다.

8. 일요일

처참했던 근무 첫날이 닉 때문이라고 탓하는 건 옳지 않지만, 나는 그 주 내내 부루퉁해서 닉 혼자 기계와 거리 추종자들 앞에서 오도 가도 하지 못하게 내버려 두었다.

나는 치즈 카운터 뒤쪽 자리를 꿰차고 앉아 상자를 쌓고 맛보기용 접시에 치즈를 채워 놓았다. 또 치즈를 자르고, 포장하고, 무게를 달고, 조언을 구하는 사람에게는 대답도 해 주었다. 손님들은 대부분 스우지 아줌마를 좋아했다. 아줌마의 덩치와 나이에서, 치즈와 길고도 밀접한 인연이 있으리라는 강한 느낌을 받았기 때문인 듯싶다. 하지만 창백한 얼굴에 여름 방학의 꿈이 무참히 짓밟혔노라고 고스란히 내비치는 골난 여자아이에게 기꺼이 질문을 던져 준 사람들에게는 내가 할 수 있는 훌륭한 조언을 해 주었다. 나도 내가 파는 치즈에 대해서는 잘 알고 있었다.

나는 쓰레기통을 비우고, 조리대 위도 닦았다. 금전 등록기를 여닫아도 된다는 허락은 받지 못했지만, 그 안에 잔돈으로 내어 줄 지폐와 동전을 가득 채워 두었다. 그리고 내가 좋아하는 일을 했다. 그날 팔지 못한 빵과 냉동고에 넣기에는 너무 늦어 버린 생면 파스타와 제일 맛있을 때가 지난 치즈를 가게 뒤쪽 골목에 내놓는 일이었다. 다음 날 아침이면 그 음식 더미는 어김없이 사라졌다.

나는 엄마가 직원들 근무 시간을 기록하는 표에 왜 내 이름을 뺐는지 일주일 내내 궁금했다. 나는 우리가 쉬는 일요일까지 기다렸다가 그 이야기를 꺼냈다.

우리는 둘이 가장 좋아하는 곳, 바르톨로뮤 식당으로 아침을 먹으러 갔다. 이건 전통으로 굳어졌다. 비록 내가 요즘 들어 잠에 빠지는 바람에 일요일 아침 식사가 브런치로 바뀌긴 했지만.

엄마는 라떼를 주문했다. 늘 나도 한두 모금 마시게 해 주었는데, 이번에는 나도 한 잔 마셔도 되겠느냐고 물었다.

“안 돼, 티티야. 아직은.”

“왜요?”

“카페인이 성장을 방해하니까. 네가 앞으로 더 자랄 거라고 확신하거든."

나는 그러지 않기를 바랐다. 이미 나는 우리 반 남자아이들 대부분보다 더 컸고, 바로 이 점 때문에 남자아이들이 나한테 막연하게라도 관심을 두지 않는다고 생각했다. 내가 남자아이들에게 전혀 관심 없는 것도 내 키 탓으로 돌릴 수는 없었지만. 관심 없기로는 남자아이들이나 나나 양쪽이 똑같았다. 나는 키가 너무 컸고, 남자아이들은 너무 유치했다. 내 주의를 끌기에는 다들 닉 같은 면이 조금도 없었다.

"알았어요."

나는 커피 크림으로 탑을 쌓기 시작했다.

엄마는 몸을 뒤로 기대고 햇빛에 두 눈을 감았다. 우리는 바르톨로뮤에서 야외 테이블 하나를 차지하고 앉아 있었다. 엄마는 일광욕을 좋아했고, 살갗이 벗겨지도록 태우곤 했다. 엄마는 태양을 일편단심으로 사랑했다.

"왜 내 이름이 근무 기록표에 없어요?"

"뭐라고?"

"가게에서 쓰는 근무 기록표요. 내 이름이 없던데요."

엄마가 두 눈을 떴다. 어리둥절한 눈빛이었다.

"근데?"

"근데 아시다시피 저도 가게에서 일하잖아요."

"알았다. 근무 기록표에 네 이름도 넣을게. 왜 샐쭉해서 그러니?"

우리가 가게를 연 지 거의 열 달이 되었고, 나는 학교가 끝나면 거의 날마다 가게로 간 데다 토요일에 간 날도 적지 않았다. 지금까지는 내가 일한 시간에 대해 보수를 받은 적이 없었다 해도, 이제는 이게 내 일이었다. 내 직장. 내 여름. 게다가 나도 사고 싶은 게 있었다.

나는 새 가죽 재킷을 사고 싶었다. 숄도 이젠 유행이 끝났다. 조지아와 베아트리스와 제니스는 가죽 재킷을 가지고 있었다. 제럴딘 무어도. 학교에 있는 여자애들과 똑같고 싶지는 않았지만, 그래도 가죽 재킷은 갖고 싶었다.

가죽 재킷 생각을 가장 먼저 한 사람은 틀림없이 나였다. 남들이 다 달려들어 하나씩 장만하기 전에 이미 가죽 재킷을 떠올려 보고, 그걸 입은 내 모습을 그려 봤단 말이다.

이게 내가 샐쭉해 있던 이유다.

"제가 일한 만큼 급여를 주실 거예요, 안 주실 거예요?"

"티티야, 넌 열네 살이야."

"저도 알아요, 엄마. 알려 주시니 감사하네요."

엄마가 나를 쳐다보았다. 엄마가 다섯까지 세고 있다는 걸 알았다. 뭔가 엄마가 하고 싶지 않은 말을 내뱉을까 봐 걱정될 때, 혹은 화가 나거나 긴장될 때 하는 행동이었다. 엄마는 나한테도 그렇게 해 보라고 늘 권했다. 나는 하나를 넘길 때가 거의 없었다.

"있잖아, 드루. 엄마가 너나 네가 가게에 쏟는 시간을 무시해서가 아니야. 정말 소중하게 생각해. 너도 엄마와 한 팀이야. 네가 열심히 도와줘서 엄마도 좋아. 하지만 넌 겨우 열네 살이야. 미성년자 노동법 때문에 급여 대상자 명단에 네 이름을 넣을 수도 없다고. 그럴 수 있다 해도, 아무튼 엄마는 돈을 줄 수 없어. 지금도 가게를 빠듯하게 겨우 꾸려 가고 있거든."

여점원이 내게 달걀을 갖다 주었고, 나는 포크로 노른자를 잘랐다. 그러고는 접시 가장자리에 묻은 연노랑 조각을 바라보았다.

"가게는 우리 둘 거야, 티티. 너와 엄마 거. 가게는 우리 둘의 미래야. 근무 기록표에 엄마 이름이 쓰여 있던? 가게가 엄마 거니까. 그러니 엄마는 엄밀히 직원이 아닌 셈이야. 너도 마찬가지고."

엄마가 내 손을 잡았다. 마음이 좀 누그러들었다. 콕 집어 얘기할 수 없을 만큼 안쪽 깊숙이 있는 근육들까지 긴장이 풀렸다고나 할까.

엄마가 앞쪽으로 몸을 기울여 앉았다.

"그래서, 그 여자애는 어떻게 생각하니?"

"누구요?"

"알잖아."

물론 알고 있었다. 하지만 안다고 다 주목해야만 하는 건 아니다. 나는 어깨를 으쓱했다.

엄마가 말했다.

"닉의 새 여자 친구라고 해야 하나? 금발 머리라고 할까? 아니면 완벽한 아가씨?"

"아, 그 여자애요."

엄마가 지금 뭐 하는 걸까? 상처 난 데 소금 뿌리려고 하시나?

"만날 기회도 없었어요."

"다정한 애더라. 정말 다정해. 그 애가 떠나거나 상처 받는 일이 없으면 좋겠어."

"네. 그러면 불쌍하겠네요."

엄마가 말했다.

"이런. 티티야, 네가 닉을 많이 좋아하는 걸 알아. 엄마도 닉이 아주 좋아. 정말 사랑스러운 애니까. 하지만 네 마음을 줄 만한 아이는 아니야. 그 마음은 네 또래 누군가를 위해서, 네 마음을 진실로 받아 줄 수 있는 누군가를 위해서 아껴 둬. 그건 네게서 가장 아름다운 마음이니까."

엄마는 식탁 너머로 손을 뻗어 내 심장이 있다고 생각되는 곳을 짚었다. 생물학 수업에서 배운 바로는 엄마는 왼쪽에서 훨씬 떨어진 곳을 짚고 있었지만.

전에도 엄마와 이야기를 나누면서 이런 마음의 고통을 느낀 적이 있다. 엄마는 슬픔의 나라에 머물렀던 사람이다. 그리고 아직 그곳에 살고 있다고 꽤 확신한다. 적어도 그 나라에 종종 들르고 있을 것이다. 그래서 이런 대화는 견디기 힘들었다. 엄마 건너편에 앉아 내가 느낄 기분에 대해 털어놓기도 어려웠지만, 이런 뼈저린 아픔을 잘 아는 사람인 엄마를 바라보기가 부담스러워서 더 힘들었다.

그래서 이런 상황에서 내가 늘 하던 대로 했다.

나는 화제를 홱 돌렸다.

"이따가 뭐 볼 거예요?"

일요일마다 우리는 영화관에 갔다. 우리는 어떤 영화든 같이 봤다. 엄마는 미성년자 관람 불가 영화더라도 내가 보는 걸 문제 삼지 않았다. 덕분에 월요일이면 학교에서 아이들에게 그 영화 이야기를 들려주며 드물게 반짝 조명을 받을 수 있었다.

엄마가 움찔했다.

"오늘은 못 볼 것 같아."

"네? 왜요?"

"일 때문이지, 뭐. 일하러 가 봐야 해."

엄마는 팔을 뻗어서 내 이마에 달라붙은 머리카락을 떼 주었다.

"가게가 우리 미래라는 걸 기억해 줘."

엄마가 거짓말을 하고 있다고 생각할 이유는 전혀 없었다. 우리의 숭고한 일요일 영화 관람을 가로막을 수 있는 게 일 말고 달리 뭐가 있겠는가? 우리의 전통인데.

아빠의 목록에 나온 부분.

전통 : 하지에는 바다에서 수영하기, 새해 첫날에는 엽궐련 한 대. 우리 티티가 잘 자도록 노래 불러 주기.

내가 쓴 목록.

전통 : 일요일마다 엄마랑 영화 관람하기.

9. 사라진 허밍

7시가 지나서야 허밍이 사라진 걸 알았다. 내가 쥐를 적절히 보살피고 잘 먹이는 주인의 본보기가 되지 못하리라는 사실은 잘 알았지만, 그렇게 됐다. 허밍이 사라졌다.

그날은 수요일이었다. 갈수록 가게에 점점 더 늦게 가기 시작했지만, 그래도 그날은 하루 대부분을 가게에서 보냈다. 여전히 무보수 상태였다. 닉은 사랑에 빠진 채 내게서 사라져 갔다. 이 두 가지 사실 때문에 일찍 일어날 의욕도 생기지 않았다.

나는 저녁 6시에 가게에서 나왔다. 가게 문을 닫을 시간이었다. 다음 날 팔지 못하는 빵과 음식을 골목에 내다 놓은 뒤 자전거에 몸을 싣고 집으로 향했다. 엄마는 늦게까지 가게에 남아 있어야 한다며 시금치 파르팔레 파스타와 미트

소스를 주며 데워 먹으라고 했다. 밖이 아직 환할 때는 내가 자전거를 타고 가도 엄마는 걱정하지 않았다.

자전거에 올라타기 전에 파르팔레를 넣으려고 가방을 열었지만, 그때는 허밍이 우리에 있는지 없는지 살펴보지 못했다. 지금 내가 아는 사실은 7시가 조금 지나서 텔레비전을 보려고 막 앉았다가 가방에서 허밍을 꺼내려고 갔더니 허밍이 보이지 않았다는 것이다. 사라지고 없었다.

맨 처음 한 일은 우습게도 허밍의 이름을 부르기 시작한 것이었다. 허밍은 쥐이지 개가 아니다. 부른다고 오는 녀석이 아니란 말이다.

나는 온 집 안을 뒤졌다. 그러다 더럭 겁이 나서 다시 가방을 살펴보았다. 그제야 가방 오른쪽 밑바닥 귀퉁이에서 허밍이 이빨로 갉아 만든 구멍을 발견했다.

언제 맨 마지막으로 허밍을 봤더라? 가게에 도착했을 때니까 정오가 지난 즈음이었다. 언제나처럼 가방을 뒷문 옆 고리에 걸기 전에 허밍을 슬쩍 들여다보았다. 가게 문을 닫을 시간에 허밍이 있는지 확인하지 않은 것이 죄였다.

나는 다시 한 번 집 안을 샅샅이 살폈다. 조지아 맥널티가 만천하에 친절히 알렸듯이, 우리 집은 아주 작아서 살펴보는 데 시간이 얼마 걸리지도 않았다. 허밍은 없었다.

집에 없다는 사실은 문제가 심각함을 뜻했다. 집에 없다면 가게에 있다는 소리였으니까. 게다가 엄마가 늦게까지 가게에서 일하고 있었다. 엄마한테 전화해서 내 쥐가 있는지 찾아봐 달라고 부탁할 수는 없는 노릇이었다.

스우지 아줌마한테 전화할 수도 있었지만, 내가 가게를 나올 때 아줌마도 퇴근했다. 아줌마는 낡아 빠진 포르쉐에 태워 주겠다고 했었다. 아줌마가 앉은 한쪽 귀퉁이 빼고는 좁다란 뒷좌석에 잡동사니가 잔뜩 쌓여 있어서 내 자전거가 들어갈 자리조차 없는 차였다.

나는 자존심을 꿀꺽 삼키고 닉한테 전화할까 생각해 봤지만, 닉은 여자 친구가 없던 시절에도 퇴근 시간이 지나면 가게에 남는 법이 없었다.

달리 방법이 없었다. 아직 햇빛이 남아 있을 때 자전거를 타고 가서 가게 안팎으로, 위아래로 찾아야만 했다. 게다가 내가 뭘 하는지 엄마가 알아차리지 못하게 해야 했다. 어쨌든 그 쥐는 나의 허밍이고, 험볼트 포그 장관 각하였으니까. 허밍이 없는 세상은 상상도 할 수 없었다.

나는 온통 새까맣게 차려입었다. 영화에서, 밤도둑이나 어딘가에 몰래 숨어드는 사람처럼 남들 눈에 띄고 싶지 않은 사람들은 다 그렇게 입고 나왔다. 그리고 집으로 돌아오는 시간을 생각해서 반사면 줄무늬가 있는 보기 싫은 주황색 조끼를 홱 집어 들었다.

가게에 도착했을 때에는 날이 많이 어두워져 있었다. 가게에는 아무도 없었다.

나는 앞 유리창을 통해 안을 들여다보았다. 닉이 파스타를 만드는 모퉁이는 문이 닫혀 있고, 닉의 둥근 의자는 카운터 위에 올려져 있고, 바닥에 떨어진 세몰리나(세몰리나는 주로 듀럼밀을 갈아 가루로 만든 것으로, 파스타 종류를 만들 때 쓴다. — 옮긴이)도 깨끗이 쓸어 둔 상태였다. 빛이라고는 냉동 진열장이 작동되는 표시로 켜진 빨간 등만 조그맣게 비치고 있었다. 엄마 사무실 끝까지 훤히 보였는데, 엄마 의자는 책상에서 뒤로 밀려난 채 텅 비어 있었다. 가게 뒤쪽에서는 빛이 전혀 새어 나오지 않았지만, 그래도 엄마가 없는지 확실하게 살피기 위해 골목으로 기어갔다.

발끝으로 서지 않고도 뒤쪽 창문으로 가게 안을 훤히 볼 수 있었다. 처음 개업했을 때에는 뒤꿈치를 들어야 했는데.

가게 안은 완전히 컴컴했다.

당황스러웠지만 마음이 놓이기도 했다. 나는 가게 열쇠를 가지고 있었다. 몰래 살금살금 기어 다니지 않고도 허밍을 찾아볼 수 있었다. 가게는 허밍을 찾아보기 딱 좋게 내 세상이었다. 그런데 엄마는 어디에 있을까?

그때 그 소리가 들렸다. 내 뒤에서, 내 왼쪽에 있는 대형 쓰레기통 뒤에서. 나는 숨을 멈췄다. 두 눈을 감았다. 꿈쩍도 않은 채, 소리를 들었다.

속삭임. 누군가가 저 뒤에 있었다. 대형 쓰레기통 뒤에. 다른 누군가에게 속삭이면서.

나는 생각했다.

'이게 비극적인 이야기의 끝은 아니겠지? 쓰레기통 안에서 한 소녀가 발견된다는?'

아주 늦은 밤에 혼자 밖에 나간 소녀, 있어서는 안 될 곳에 간 소녀. 소녀가 그 골목에 왜 있었는지, 안전한 집을 왜 나왔는지 아무도 모른다. 착한 소녀였는데, 조심성 많은 소녀였는데. 그 소녀가 사라졌다가 쓰레기통 속에서 발견된 거다.

내가 할 수 있는 선택들을 가늠해 보았다. 자전거 쪽으로 달려간다면 쓰레기통과 속삭임이랑 너무 가까워졌다. 그럴 바에는 자전거를 버리고 반대쪽으로 미친 듯이 달리는 게 더 나았다. 나는 다리가 빨랐다. 이미 기다란 다리는 더 길어지고 있었다. 그렇지 않았다면 발끝을 들어야 뒤쪽 창문으로 가게 안을 들여다볼 수 있었을 테니까.

하지만 나는 움직이지 않았다. 유리창에 얼굴을 댄 채로 그 자리에 얼어붙어 있었다.

더 많이 들리는 속삭임. 쉿쉿 소리. 쉬이쉬이쉬이이.

그러고는 높은 음조로 찍찍거리는 익숙한 소리에 이어 츳츳츳 하는 소리가 들렸다. 허밍이 행복할 때 내는 소리였다.

내가 속삭였다.

"허밍?"

허밍이 자기 이름을 몰라도, 내가 부르는 소리에 대꾸하지 않아도 상관없었다. 달리 뭘 할지 머릿속에 떠오르는 것도 없었으니까.

나는 좀 더 크게 불렀다.

"허밍?"

나는 쓰레기통 뒤로 가고 싶지 않았다. 내 쥐가 내게 오기를 바랐다. 자기를 붙잡고 있는 손아귀에서 도망쳐 나오길 바랐다. 그래서 허밍을 붙잡아 우리에 넣은 뒤, 자전거로 뛰어올라 집으로 달려갈 수 있기를 바랐다.

뭔가 움직이는 소리가 들렸다. 종이가 바스락거리는 소리에 이어 목소리가 들렸다.

"누구 있어요?"

친절함이 묻어나는 남자아이의 목소리였다.

내가 대꾸했다.

"누구세요?"

"음, 허밍으로 콧노래를 부르고 싶다면 입을 다물고 노래를 흥얼거려야지. 허밍이라는 말을 할 게 아니라."

듣고 보니 맞는 말이었다. 허밍이라는 단어를 말로 외치고 있으니 모르는 사람 귀에는 분명 이상하게 들렸을 거다.

내가 말했다.

"나도 콧노래를 부를 줄 알아. 나는 내 쥐를 부르고 있었어. '허밍'이 걔 이름이거든."

남자아이가 쓰레기통 뒤에서 걸어 나왔다. 검은 곱슬머리는 헝클어져 있었고, 무릎에 구멍이 난 청바지를 입고 있었다. 볼에는 베인 상처가 있었고, 어깨에는 내 쥐가 앉아 있었다.

"얘를 말하는 거야?"

남자아이는 먹을거리를 기다리고 있는 쥐의 입 쪽에 손을 가져가더니 뭔가 주황색 작은 조각을 먹여 주었다.

"응. 걔가 허밍이야. 내 쥐야."

"너는 누군데?"

내가 먼저 물어야 했을 질문이었다. '우리 가게' 뒤쪽 쓰레기통 뒤에 숨어 있던 건 바로 '그 남자아이'였으니까. '내 쥐'한테 뭔지 모를 것을 먹이고 있는 사람이 바로 '그 남자아이'였으니까. 나야말로 "넌 누구니?" 하고 소리까지 지르며 물었어야 했다. 하지만 그냥 대답해 주었다.

"내 이름은 드루야."

"음, 그러면 왜 모두 너를 티티라고 불러?"

"미안한데, 우리 아는 사이니?"

"나는 에멧이야."

남자아이가 이렇게 말하고는 손을 쑥 내밀었다. 내가 그 손을 잡자 허밍이 남자애 팔을 따라 기어 내려오더니 내 팔 위를 달려 올라갔다.

"에멧 크레인."

10. 에멧 크레인

내가 왜 골목에서 '허밍'을 외쳤는지는 설명하기 어렵지 않았다.

하지만 에멧 크레인이 하는 말은 금방 이해 가지 않았다.

에멧은 내가 이 가게 주인집 딸임을 알고 있었다. 당연히 내 이름을 두고 헷갈렸을 거다.

나는 내 이름이 로빈이기 때문에 엄마가 나를 티티라고 부른다고 설명했다. 그러다 보니 우리 아빠가 죽었다는 말도 꺼내게 되었는데, 그 말끝에 에멧이 이렇게 대꾸한 것이었다.

"아. 그러면 그 혼다에 탄 사람은 너희 아빠가 아니었구나?"

"혼다라니?"

"도요타였나? 내가 딱히 자동차에 관심이 없어서."

"무슨 차 얘긴데?"

나는 속이 탔다.

"네가 자전거를 타고 떠난 뒤에 너희 엄마를 태우러 오는 은색 혼다인가 도요타인가 하는 차 말이야."

내가 아는 사람 가운데 은색 차를 모는 사람은 한 명도 떠오르지 않았다.

나는 쓰러질 듯한 골목 벤치에 앉았다. 스우지 아줌마가 '바람 좀 쐬러' 나오곤 하는 자리다. 사실은 '담배 한 대 피우러' 나온다는 뜻이지만.

에멧이 내 옆에 앉았다. 그 애한테서 달달하기도 하고 톡 쏘기도 하는 듯한 두 가지 냄새가 났다. 알 듯하면서 정확히 생각은 안 나는 그런 냄새.

에멧이 말했다.

"미안해. 내가 하지 말았어야 하는 말을 했니?"

"아니야."

나는 허밍을 어깨에서 내려 무릎에 올려놓았다.

"그냥…… 엄마가 여기 있겠다고 하셨거든. 늦게까지 일한다면서."

"뭐, 어른들이 언제나 자기가 한 말 그대로 하리라 기대할 수는 없는 법이지."

에멧은 바지 무릎께에 난 구멍을 만지작거렸다.

"적어도 내 경험으로는 그래."

어느새 나는 아론 핑클스타인과 보낸 시절 이후로, 그 어떤 또래 남자애들과 이야기를 나눈 것보다 더 긴 이야기를 이 남자애랑 나누고 있었다. 나는 에멧이 내 또래일 거라고 짐작했다. 아니면 나보다 나이가 좀 더 많거나.

내가 물었다.

"볼에 상처는 왜 났니?"

나는 무릎에 올려놓은 허밍을 내려다보았다.

"혹시 허밍이……."

"아냐, 아냐, 물론 아냐."

에멧은 얼굴로 손을 뻗었다.

"이 상처는 아무것도 아니야. 그냥 내가 칠칠치 못해서."

에멧은 손을 뻗어 허밍의 턱 밑을 간질였다.

"네 쥐는 얌전한 녀석이야."

나는 허밍을 쓰다듬는 손길을 멈출 수가 없었다. 허밍을 잃어버렸다가 이 골목에서 다시 찾기까지 고작 한 시간이 흘렀을 뿐이지만, 내 손가락 사이로 느껴지는 허밍의 털 감촉이 특히 감사히 여겨지기에 충분한 시간이었다.

에멧이 주황빛 조각을 또 하나 내밀자 허밍이 게걸스럽

게 먹어 치웠다.

내가 말했다.

"그게 치즈 조각이 아니라고 말해 줄래?"

"그럴 수는 있지만, 그러면 거짓말하는 건데."

"허밍한테 치즈 주지 마. 다들 쥐가 치즈를 먹는다고 생각하지만 치즈는 쥐한테 안 좋아."

"네 쥐한테는 나쁘지 않아."

"그걸 어떻게 알아?"

"뭐, 어떤 사람한테 치즈가 좋지 않듯이 어떤 쥐들한테도 좋지 않지. 하지만 허밍한테는 웬만큼은 괜찮아. 이것 봐."

에멧은 또 한 조각을 허밍한테 먹였다. 이번에는 주황빛 조각에 박힌 초록색을 알아보았다. 가게 문 닫는 시간에 내가 골목에 내다 놓은 코츠월드 치즈 조각이었다.

내가 말했다.

"받아먹는다고 좋다는 뜻은 아니잖아."

"그런 뜻이야. 쥐들은 자기 먹을 거에 신중하거든. 쥐들이 아무거나 닥치는 대로 먹어서 평판이 안 좋다는 건 알아. 《샬롯의 거미줄》에 나오는 쥐 템플턴처럼. 그 책 알지?"

물론 알고 있었다. 내가 가장 좋아하는 책이었다. 게다가 영화로 만들어진 건 셀 수도 없이 많이 봤다.

에멧이 계속 말했다.

“사실 쥐들은 먹고 아플 만한 것은 뭐가 됐든지 먹지 않아. 한 입 먹어 보고 시간을 둔 다음에 괜찮은 것 같으면 더 먹지. 이 치즈는 한 시간 전에 내가 허밍한테 처음으로 한 입 줬던 거야.”

에멧은 허밍에게 한 조각을 더 건넸다.

“그랬더니 허밍이 더 먹으려고 다시 돌아왔지.”

“그런 걸 어떻게 다 알아?”

“자동차에 대해서 새까맣게 모른다고 쥐에 대해서도 그런 건 아니거든.”

우리는 잠시 아무 말 없이 앉아 있었다. 내 여자 친구들하고는 할 수 없던 일이었다. 에멧이 잘 알고 하는 말인지는 알 수 없었지만, 그래도 그 애가 하는 말은 듣기가 좋았다.

날이 어두워지고 있었다. 집에 엄마보다 먼저 도착하려면 이제 가야 했다. 엄마는 차를 가지러 가게로 돌아올 텐데 아직 오지 않았다. 그러니 나에게 아직 시간이 있었다. 자리를 떠나고 싶지 않았지만, 그만 일어나 허밍을 달래어 우리에 넣었다.

나는 맨 처음에 했어야 했던 질문을 던졌다.

“근데, 여기 뒤쪽에서 뭐 하고 있던 거니?”

에멧은 내가 “하늘은 무슨 색깔이니?”라거나 “이 더하기 이는 몇이니?”라는 질문을 하기라도 한 것처럼 나를 쳐다보았다.

“먹을 게 있잖아. 맛있고.”

에멧은 가게 앞에 내 자전거가 있는 곳까지 따라와서 내가 반사면 조끼 입는 모습을 지켜보았다.

에멧이 내게 웃어 보였다.

“넌 조심성이 많구나. 위험한 세상이긴 하지.”

나는 자전거를 몰고 가면서 말했다.

“또 보자.”

에멧이 외쳤다.

“그래, 또 봐, 로빈.”

11. 양철맨

"아빠 몸은 삶을 모두 끝냈단다."

엄마가 종종 하던 말이었다. 분명 책에서 건진 말일 거다. 아니면 어린아이가 갑작스럽게 아빠가 사라진 일에 대해 설명해 달라고 하면 그렇게 말하라고 심리학자가 알려 줬던지. 아빠 몸의 어느 부위가 삶을 모두 끝냈는지 더 설명해 달라고 엄마를 몰아붙이자, 엄마는 심장이라고 말해 주었다. 심장이 움직임을 멈췄다고.

대체 어떤 책이나 어떤 심리학자가 어린아이한테 아빠의 심장이 멈췄다고 말하는 게 좋은 생각이라고 알려 줬는지 모르겠다. 덕분에 나는 아빠 심장한테 움직여야 할 이유를 더 심어 줬다면 심장이 멈춰 세상을 등지는 일은 결코 없었으리라 생각했기 때문이다.

하지만 그랬다.

아빠는 죽었다.

그리고 나는 아빠를 그리워하기에는 너무 어렸다. 아니면 적어도 아빠를 그리워했던 것을 기억하기에는 너무 어렸거나. 나는 자라면서 스스로에게 말했다. 내가 운이 좋았다고. 내게는 엄마가 있으니까. 엄마를 그 누구와 공유할 필요가 없었으니까.

나는 생각했다.

'불쌍한 아이들 같으니. 집에 다른 사람들이랑 같이 부대끼면서 어떻게 살아가는 건지. 혼자 차분히 생각이나 할 수 있으려나?'

엄마는 화장대 위에 아빠 사진을 올려 두었다. 아빠는 잠자다가 헝클어진 빨강 머리를 한 채, 포대기에 싸인 칙칙한 갈색 머리 아기를 맨가슴에 안고 있었다. 둘을 비추던 침실 등이 환하지 않아서 아빠가 또렷이 보이지는 않았지만 아빠는 평온해 보였다. 행복해 보였다. 아빠의 심장은 살아 있어야 할 온갖 이유로 가득 차 쿵쿵 뛰고 있었다.

자주는 아니지만 아빠를 떠올릴 때 그 사진이 생각나는 건 아니었다. 대신 《오즈의 마법사》에 나오는 양철맨이 떠올랐다. 심장은 아예 없고, 삐걱거리는 껍데기만 남은 남자.

그러다가 나는 아빠의 공책을 발견했고, 아빠는 서서히 다시 살아나고 있었다.

결코 해 보고 싶지 않은 일 : 광부, 사형 집행인, 항문과 의사.

마지막 항목은 뭔지 찾아봤는데, 별로 좋아 보이지 않았다.

제일 싫은 것 : 뭔가 제일 싫다고 투덜대는 사람.

굉장히 좋아하는 것 : 내 하늘색 슈윈 전기 자전거, 내 크림색 전기 기타 펜더 텔레캐스터, 내 아내 리지 애버딘 솔로, 그리고 우리 꼬마 티티.

이 목록들을 살피면서 두 가지 생각이 떠올랐다.

하나 : 인생은 짧다. 나는 생각할 만큼은 해 봤다. 수명에 대한 생각과 서른넷에 죽은 아빠가 평균 수명을 얼마나 팍 낮춰 주었는지에 대한 생각을. 여기서 멈추지 않고 허밍에 대해서도 생각해 봤다. 그동안 쥐의 수명에 대해서는 궁금해한 적도 없었는데, 평균 수명이 2년이라는 걸 알았다. 그러니 내 쥐가 운이 좋아 평균 수명만큼 산다 해도 무덤에 벌써 반만큼 다가간 셈이다.

둘 : 자신에 대해서 이런 모든 사실을 기록한 사람에게는 아마도 그렇게 한 이유가 있었으리라. 자신이 이 세상에 없는 날에도 누군가가 자신에 대해 잘 알 수 있도록 한 거다. 아빠는 자신의 심장이 멈추리라는 사실을, 자신의 몸이 곧

‘삶을 모두 끝내리라’는 사실을 알고 있었던 게 분명하다. 그렇지 않고서야 애초에 이런 목록을 왜 썼겠는가?

12. 말장난

부지런히 살펴봤건만 에멧은 며칠 동안 보이지 않았다. 내가 시간마다 쓰레기를 내가는 통에, 스우지 아줌마는 맛이 간 치즈를 맛본 사람처럼 눈을 부릅뜨고 나를 쳐다보았다.

"또 쓰레기야?"

스우지 아줌마가 내게 가까이 몸을 기울였다.

"얘야, 저기 내 벤치에서 담배는 피우지 않는 게 좋을 거다. 세상에, 그러기만 하면 너를 무릎에 엎어 놓고 볼기짝을 때려 줄 테니까."

"아니에요, 아줌마. 그런 거 아니에요. 그냥 바쁘게 움직이려는 것뿐이에요."

완전한 거짓말도 아니었다. 손님이 별로 없었다. 닉한테는 아직 시위하는 중이었다. 닉은 내 도움 없이도 시금치 링귀니와 토마토 스파게티와 사프란 페투치니를 만들어 내고 있었다. 때때로 닉은 부루퉁한 입을 과장되게 쭉 내밀며 나를 쳐다보기도 했지만 나는 시선을 돌려 버렸다. 나를 조금 아쉬워하게 만드는 것도 아주 나쁘지 않다는 생각이 들었다.

쓰레기통에 뻔질나게 드나들다 보니, 완전히 멀쩡한 쓰레기봉투를 내놓게 되는 장관도 펼쳐졌다. 에멧은 골목을 어슬렁거리지도 않았고, 먹을거리를 기다리고 있지도 않았다. 분명 나를 기다리고 있지도 않았다. 하지만 퇴근 무렵 가게 뒤로 내다 놓은 음식이 다음 날 아침 죄다 사라지는 걸 보면, 에멧은 가게가 문을 닫은 뒤에 여전히 이곳에 들르고 있는 것 같았다.

가방에 난 구멍도 천을 덧대어 꿰매고 허밍의 우리에도 걸쇠를 바꿔서, 이제는 땅거미가 내릴 무렵 골목으로 갈 이유가 전혀 없었다. 설사 적당한 이유를 하나 만들어 내더라도 엄마가 문제였다. 내가 골목에 간 뒤로 엄마가 여러 날을 쭉 집에 있었기 때문에 몰래 빠져나가기가 힘들었다.

은색 차에 대한 수수께끼는 아직 답을 못 찾았다. 에멧을 만난 날, 엄마가 밤늦게 부엌으로 들어왔을 때 나는 무심한 태도로 접근했다. 내 경험으로 보나 허밍의 습성으로 보나, 누구든 궁지에 몰리기는 싫어하는 법이다.

"일은 어땠어요?"

엄마가 대답했다.

"알잖아, 일이야 그냥 일이지."

"가게에 있었어요?"

"그럼 어디에 있었겠니?"

"제가 묻는 게 그거잖아요."

엄마는 내가 조리대 아래로 다리를 달랑거리며 앉아 있는 자리까지 걸어오더니, 나를 자기 쪽으로 끌어당겨 내 머리에 입을 맞췄다.

"엄마는 지금 녹초가 됐어."

그러고는 두 손으로 내 양 볼을 감쌌다.

"말장난하기에는 너무 피곤하다, 티티야. 엄마, 자러 갈게."

엄마는 부엌에서 나갔고 나는 그 자리에 앉아 있었다. 심장이 쿵쾅쿵쾅 뛰었다. 엄마가 내 볼에 손을 댄 자리가 뜨겁게 달아올랐다.

'엄마가 거짓말을 하고 있어.'

나는 엄마랑 나눈 대화를 머릿속으로 다시 곱씹어 보고는 깨달았다. 하나하나 따져 보면 사실 엄마가 거짓말한 건 하나도 없었다. 엄마는 그런 사람이었다. 어쩌면 늘 그랬는지도 모른다. 엄마야말로 말장난 선수였다.

'일은 일이지. 그럼 어디에 있었겠니?'

말장난들.

이것도.

'아빠 몸은 삶을 모두 끝냈단다.'

나는 엄마 뒤를 따라 층계를 쫓아 올라가 방문을 두드리고 설명을 요구하지 않았다. 그런 건 엄마나 하는 일이지 딸이 할 일은 아니었다. 대신 이번 사건은 마음에 꼭 담아 두기로 다짐했다. 나중에 필요할지도 모를 일이었다. 엄마가 얼마나 내게 솔직하지 못했는지 밝히고 싶은 순간이 올지도 모르니까. 물론 누구든 거짓말이나 실수를 할 수 있고, 진실하지 못할 수도 있고, 말장난을 잘할 수도 있지만. 뚜렷이 계획을 세우거나 구상한 건 아무것도 없었다. 그저 마음에 담아 둘 뿐이었다.

그렇게 나는 수집하고 있었다. 아주 작은 궁금증까지.

그날 밤 나는 규율을 어기지 않고, 자연스런 질서를 뒤엎지 않고, 주변 어른들에게 설명을 요구하지 않는 여자아이 역할을 무사히 해내며 조용히 내 방으로 자러 갔다.

다음 날 나는 늦잠을 자고 일어나 가게에 일하러 갔다. 쓰레기를 버렸고, 계속해서 버리고 또 버렸다. 그러다 마침내 월요일이 되어 그날 첫 번째 쓰레기봉투를 버리러 쓰레기통에 갔을 때 쪽지를 발견했다.

에멧이 쪽지를 눈에 띄는 모양으로 만들지 않았다면, 다른 종이처럼 쓰레기로 여기고 버렸을지도 모른다.

쪽지는 내가 뒷문에서 나올 때 딱 보이도록 스우지 아줌마의 벤치에 놓여 있었다. 내가 허밍을 데리고 있고 에멧이 허밍에게 코츠월드 치즈를 먹이던 자리, 은색 차에 대해 이야기를 나눈 바로 그 자리였다.

쪽지는 새 모양으로 접혀 있었는데 학 모양이라는 것을 금세 알아차리지는 못했다.

꼭 그 애 이름처럼 접은 쪽지(에멧 크레인에서 크레인은 영어로 '학'이라는 뜻이다. – 옮긴이).

나는 조심스레 쪽지를 펼쳤다. 마치 예술 작품을 망가뜨리는 듯한 기분이 들어서 마음이 불편했다. 학 꼬리에 적힌 내 이름을 알아보지 못했다면, 쪽지를 아예 펼치지도 않았을 것이었다.

드루 로빈 솔로

쪽지를 펼치자 학은 천천히 네모난 종이가 되었고, 그 안에 조그맣고 흠잡을 데 없는 글씨체로 쓰인 이런 글이 보였다.

로빈에게,

집에 잘 가서 푹 쉬고 허밍도 얌전히 있었길 바란다. 근데 허밍이 진짜 얌전히 있었던 모양이야. 요즘엔 네가 도둑 변장을 한 모습을 통 못 봤으니까. 내일 가게에 안 나가도 된다면, 정오에 가필드 공원에서 만나자.

추신. 속에 빨간 조각이 든 치즈가 뭐야? 신기하면서 맛나더라.

13. 휴가

그건 포트와인 체다 치즈였다. 대중적인 맛은 아니지만 나는 무척 좋아했다. 솔직히 말하면 판매 진열장에 하루 더 둘 수도 있었지만 에멧도 나만큼 좋아할지 궁금해서 골목에 내다 놓았다.

오늘 가게에 나가지 않겠다고 엄마한테 말하려고 가게로 전화를 걸었다. 그런 소식은 얼굴을 맞대고 말하기보다 전화로 하기가 더 쉬운 기분이 들었다. 엄마가 오늘 하루 뭘 할 계획인지 물을 것 같았는데, 나는 엄마에 버금가는 거짓말쟁이는 못 되었다.

닉이 전화를 받았다.

"치즈 가게입니다."

"리지 솔로 씨 바꿔 주세요."

"드루니?"

"네."

"나야, 닉이야."

물론 닉인 줄 알고 있었다.

"안녕."

"어디 있니, 꼬맹아? 오징어 먹물을 해 볼까 하는데."

"오늘은 가게에 안 가려고."

"몸은 괜찮은 거야?"

"그럼."

침묵.

"우리는 괜찮은 거야?"

따뜻한 물결이 나를 덮쳐 왔다. 삐딱한 닉의 미소, 푸르스름한 초록빛 눈동자, 헝클어진 금발 머리. 나는 닉을 미워하려고 애썼다. 풍성한 치마를 입은 여자아이를 사랑하는 닉을 미워하려고 애썼다. 하지만 이제는 나쁜 마음이 가셨다.

인정할 건 인정해야 했다. 어떤 여자아이라도 닉 같은 남자를 좋아할 수 있었다. 삐딱한 미소에, 푸르스름한 초록 눈동자에, 헝클어진 금발 머리를 한 닉을 말이다. 어쨌거나 결국 내가 가장 좋아하는 건 친절한 닉이었지만. 닉은 언제나 내게 몹시 다정했다.

내가 대답했다.

"당연히 우린 괜찮지."

"다행이다. 너 없이 일하니까 지루하거든. 게다가 내가 만든 라비올리는 질겨서 말이야."

"내일 가게에 갈게. 엄마한테 오늘 하루 쉰다고 전해 줄 수 있어?"

"그럴게."

"고마워."

"저기, 드루."

"응?"

"오늘 휴가 즐겁게 보내. 발톱에 매니큐어도 칠하고. 아니면 바나나 스플릿을 먹든가. 뭐든 '너'를 위한 일을 해. 엄마나 가게를 위한 일 말고. 그냥 너를 위한 일."

닉과 한 전화를 끊고 나서도 1, 2분쯤 기분 좋게 전화기를 가만히 바라보았다. 다시 수화기를 들고 싶었다. 누군가에게 전화를 걸어 이야기를 나누고 싶었다. 종이학에 적힌 내용을 큰 소리로 읽어 주고 다시 한 번 읽고 싶었다. 뭘 입어야 하는지 묻고 싶었다. 머리는 묶어야 할지 풀어야 할지도.

하지만 내 인생에 그런 이야기를 나눌 사람은 없었다. 조지아한테 전화할 수도 있지만 우리 집 전화는 국제전화 요금제가 아니었다. 게다가 조지아가 시내에 있더라도 어쨌든 그 애한테는 전화하지 않았을 거다.

누군가가 필요했다. 적어도 가필드 공원까지 어떻게 가는지 물어볼 사람이 필요했다.

나는 태어나서부터 이 마을에 쭉 살았다. 어쩌면 아기였을 때 침을 줄줄 흘리는 모습으로 가필드 공원에 가서 자리를 빛냈을지도 모른다. 하지만 지금은 아무리 애를 써도 거기까지 가는 길을 알 수가 없다. 아는 공원이라고는 종종 축구를 하던 공원들인데, 축구를 그만둔 지도 몇 년은 됐다.

엄마 차에 캘리포니아 주 지도가 있었지만 차는 엄마가 가져가고 없었다. 우리 마을은 지도를 거의 만들지 않았다. 어쨌든 이 마을은 로스앤젤레스도 아니고, 샌프란시스코도 아니고, 그 사이에 어느 한 점으로 있을 뿐이었으니까.

나는 허밍을 가방에 넣고 자전거에 훌쩍 뛰어올랐다. 그러고는 내가 아는, 모르는 게 없는 그분을 만나러 가려고 자전거를 몰기 시작했다. 뭐, 모르는 게 있을 수도 있겠지. 이를테면, 그분에게 제럴딘 무어에 대한 일을 묻지는 않을 거다. 어쨌든 이 마을에 대해 뭐든 아는 사람이 있다면 바로 머치닉 할머니이다.

우리 집에서 뭐든 느릿느릿 흘러가는 것 같다면, 머치닉 할머니네 포목상은 죄다 죽고, 사라지고, 얼음으로 꽁꽁 얼어붙은 듯한 분위기를 풍겼다. 나는 길 건너편에 있는 엄마 가게 유리창으로 내가 이곳에 들르는 모습을 보는 사람이 아무도 없길 바라며 가게 뒷문으로 들어갔다.

'P&L 포목상'은 치즈 가게와는 전혀 딴 세상 같았다. 모든 것이 빽빽하고 어두침침하고 먼지를 뒤집어쓰고 있었다. 낡은 나무 바닥은 삐걱삐걱 소리가 났다. 화장실 세면기에서는 물이 뚝뚝 떨어졌다. 직물을 파는 가게가 음식을 파는 가게와 다른 기준을 가진 것만은 분명했다.

머치닉 할머니는 선 채로 나를 바라봤는데, 들뜬 아이처럼 두 손을 마구 문질렀다.

"아이고, 그 녀석 좀 보자. 그 녀석을 꺼내 봐."

나는 가방을 열고 허밍이 든 우리를 꺼냈다. 허밍은 행복할 때 내는 츳츳츳 소리를 냈다. 마치 머치닉 할머니를 알고 있는 것 같았다. 할머니가 보아 뱀의 점심거리가 될 운명이던 자신을 구해서 나와 함께 새 삶을 살아가도록 인도한 사람이라는 사실을 아는 것 같았다.

허밍은 자신에게 쭉 뻗은 할머니의 손으로 훌쩍 뛰었다.

끝없는 빛이 쏟아지는 여름 한낮이었다. 그러나 할머니네 가게는 기나긴 겨울잠을 자러 들어앉을 법한 곳처럼 느껴졌다. P&L 포목상에서 손님을 본 적은 한 번도 없었는데, 머치닉 할머니가 실제 매출에 대해 크게 신경을 쓰는 건지 확실히 알 수 없었다. 할머니는 이 건물을 사서 남편과 함께 가게를 열었다. 그게 40년 전 일인데 'P&L'에서 'L'이 가리키는 남편은 10년 전에 죽었고, 이제 가게는 할머니에게 그저 다닐 곳이 되어 주었다.

할머니가 물었다.

"어쩐 일로 두 분이 이곳에 들르셨는지?"

"허밍이 할머니를 보고 싶어 해서요. 늘 이곳에 한번 데려와 달라고 저한테 애걸복걸하더라고요."

"우리 왕자님, 험볼트 포그."

할머니는 허밍의 귀 사이를 긁어 주었다.

할머니는 치즈 장사는 어떤지 물어보았다. 할머니도 유클리드 거리에 있는 대부분의 장사꾼들한테서 어려운 시기를 겪고 있다는 말을 들었다고 했다. 그리고 사람들은 살기가 힘들어지면 토마토 수프 한 접시, 블루베리 팬케이크, 맥아유가 든 초콜릿처럼 기분을 좋게 해 주는 음식으로 마음을 돌린다고 덧붙였다.

내가 말했다.

"제가 보기에는 괜찮은 것 같아요. 손님이 조금 없긴 하지만요."

나는 혼자 마음속으로 메모를 해 두었다.

'우리도 궁극적으로 기분 좋게 하는 음식을 만들기 시작해야 해. 마카로니와 치즈라든지.'

내가 물었다.

"혹시 가필드 공원이라고 아세요?"

"알다마다. 남편이랑 소풍을 가곤 했지. 오래전 일이야. 아름다운 곳이란다."

"어떻게 가는지……."

"당연히 제임스 가필드 이름을 땄단다. 우리 스무 번째 대통령 말이야. 불만으로 가득 찬 변호사한테 총을 맞았지. 가필드 대통령에 대해서 알고 있니? 아니면 그 말도 안 되는 주황색 고양이 이름을 따서 만들었다고 생각했니?(가필드는 미국에서 제작된 텔레비전 만화영화 주인공으로, 게으르고 뚱뚱한 주황색 고양이이다. - 옮긴이) 때로는 너희 세대가 참 궁금해. 교육을 제대로 받고 있기나 한지."

머치닉 할머니가 말하는 요점을 따라가는 건 모험이었다. 할머니는 자기 말에 관심을 가지는 사람이 아무도 없다는 걸 알지도 못하고 신경 쓰지도 않는 것 같았다. 이 가게에 들르는 사람이 없는 이유가 그래서인지도 몰랐다.

"머치닉 할머니."

나는 손을 뻗어 할머니 팔에 올려놓았다.

"가필드 공원에 어떻게 가는지 알려 주시겠어요? 친구를 만나기로 했는데 벌써 늦었어요."

"알려 주다마다, 얘야. 그런데 거긴 정말 멀단다. 카프리 도로에서 막다른 길까지 가야 해. 그러면 덤불 사이로 네가 알아볼 만한 오솔길이 나올 거야. 그 덤불 때문에 내가 소방대원을 한참 쫓아다녔단다. 덤불이 바짝 마르면 화재 위험이 있거든. 어쨌든 그 오솔길을 따라가면 공원이 나올 거다. 800미터는 족히 쭉 이어지는 오르막길이지만 그래도 가 볼 만하지. 경치가 아주 죽이거든. 소풍 가려고?"

나는 고개를 끄덕였다. 허밍한테 줄 먹을거리를 챙기려고 집에 돌아가는 김에, 치즈와 빵과 전날 밤 엄마가 구운 과일 타르트 남은 걸 가져가도 나쁘지 않겠다는 생각이 들었다.

머치닉 할머니는 허밍을 돌려주더니 구석으로 걸어갔다. 막대기를 잔뜩 쌓아 놓고 더미가 무너지지 않게 하나씩 빼내는 놀이를 할 때처럼, 구석에는 둘둘 말아 놓은 직물들이 겹겹이 쌓여 있었다. 할머니는 맨 아래에서 천 하나를 빼내고는 가위를 잡았다. 그러더니 천을 커다란 네모 모양으로 자른 뒤 잘 접었다.

"자, 소풍에 가져가거라. 이걸 깔고 앉으렴."

"정말요?"

"그럼, 물론이지. 천이라면 내가 어디다 써야 할지 모를 정도로 잔뜩 널렸잖니."

나는 천을 가방에 쓱 밀어 넣은 뒤 다시 말을 꺼내려다가 잠시 멈칫했다. 완전히 다른 이야기를 꺼내자니 망설여졌다.

"머치닉 할머니, 할머니한테 필요 없는 걸 가게 뒤쪽에 내놓을 생각을 해 보신 적 있어요?"

"아니, 그런 생각은 해 본 적 없구나."

"그렇게 하면 그걸 정말로 필요로 하는 누군가가 와서 가져갈지도 몰라요."

할머니는 사랑을 담아 내 손을 꽉 잡았다.

"멋진 생각이구나, 드루. 이젠 가 봐라. 친구를 기다리게 하면 안 되지. 시간은 소중한 거란다."

14. 가필드 공원

나는 언덕을 걸어 올라가면서 아빠의 목록 하나를 떠올렸다.

하고 싶지만 아마도 결코 못할 일 : 킬리만자로 산에 오르기.

죽은 아빠와 나는 달랐다. 나는 킬리만자로 산에 오르고 싶은 마음이 없었다.

엄마는 언제나 나더러 나가서 '뭔가를 하라고' 말하곤 했다. 엄마가 좋아하는 표현대로, 심장이 건강한 상태로 있기 위해서 말이다. 나는 대부분 자전거를 타고 다녔지만 그게 다였다. 조용한 가게 카운터 뒤쪽에 앉아 벨기에 치즈에 대한 책을 읽는 게 훨씬 좋았다. 엄마가 다니는 요가 수업에는 단 한 번이라도 같이 가고 싶지 않았다. 나는 포동포동 살찌지도 않았고, 몸에 굴곡이 생기지도 않았다. 그저 여전히 한 방향으로 자라고 있었다. 위쪽으로만. 하지만 숨을 헐떡거리고 웃옷이 땀으로 등에 철썩 달라붙도록 언덕을 올라가면서 엄마 말에 일리가 있을지도 모른다는 생각이 들기 시작했다.

아빠가 죽지 않았다면 우리는 같이 하이킹을 갔을지도 모른다. 하이킹은 토요일마다 우리 둘이서만 하는 특별한 일이 되었을지도 모른다. 야생에서 길을 잃고, 함께 삶에 대해 논했을지도 모른다. 모자를 쓰고, 선글라스를 쓰고, 특별히 가방도 서로 맞춰서 다녔을지도 모른다. 내 몸 상태가 더 좋았다면 이 정도 걸었다고 이토록 힘들지는 않았을지도 모른다.

물을 가져올 생각을 하지 못했다. 무더운 날이어서 목이 말랐다. 아빠는 내가 절대 물을 잊고 가도록 놔두지 않았을 텐데.

내 신념에 위기가 찾아오기 시작했다.

'내가 뭐 하고 있담? 에멧 크레인이라는 애가 대체 누군데? 쪽지에 적힌 말은 모두 농담이고, 공원에서 나를 기다리는 사람이 없으면 어떡하지?'

나는 포크처럼 생긴 갈림길이 나올 때까지 내내 터벅터벅 걸었다. 포크에 빗대어서 한 말이 아니라, 길이 정말 포크 모양이었다. 나는 미주알고주알 아낌없이 설명하던 할머니가 어쩌다 오른쪽으로 가야 할지 왼쪽으로 가야 할지는 홀랑 까먹고 알려 주지 않았는지 원망스러웠다.

바로 그때 그게 보였다.

종이학이. 바로 앞에 있는 덤불 속에서. 나는 종이학을 펼쳤다.

오른쪽으로 직진. 거의 다 왔어.

먹을 거 가지고 왔니?

너는 어떤지 모르겠지만, 나는 배가 고파.

나는 쪽지를 뒷주머니에 넣고 계속 걸어갔다. 언덕 꼭대기에 다다르기 전에 잠시 멈춰 서서 숨을 돌리고 민소매 옷 끝단으로 이마를 닦았다.

마지막 발걸음을 내딛자, 그곳에 그 애가 있었다. 초록빛 들판 한가운데에, 바짝 마른땅 한가운데 있는 오아시스에. 나는 특별히 걱정을 많이 하는 사람은 아니었지만, 불이 날지도 모른다는 머치닉 할머니의 걱정은 언덕까지 나를 따라왔다. 이쪽 캘리포니아 지역에서는 화재가 흔했다. 특히 여름에, 특히 언덕에서. 불이 나면 이 덤불과 나를 순식간에 덮치겠지. 하지만 완전히 메마른 언덕 꼭대기에 펼쳐진 이

초록빛 들판에서는 끝도 없이 푸르른 바다를 볼 수 있었다. 이 세상, 나의 세상은 가능성으로 가득 차 있었다.

에멧은 누워 있었다. 두 눈은 감고 있었고, 무릎에 구멍 난 청바지는 단을 접어 놓은 채였다. 바로 옆에는 커다란 물병이 놓여 있었다. 나는 내 그림자가 에멧 위로 드리워질 만큼 가까이 갔다. 에멧은 일어나서 손바닥으로 햇빛을 가리며 나를 보았다.

에멧이 물병을 내밀었다.

"목말라 보여."

나는 가방을 내려놓고 지퍼를 열었다.

"너는 배고파 보이네."

에멧은 가방 안으로 손을 넣었지만, 치즈나 빵이나 타르트 대신 허밍의 우리를 꺼내 들었다. 에멧이 허밍이 기분 좋을 때 내는 츳츳츳 소리를 거의 똑같이 흉내 내는 통에, 허밍이 내는 소리인 줄 알았다.

에멧은 츳츳츳 소리 내는 사이사이에 속삭였다.

"이봐, 요 녀석. 얌전한 녀석이지."

에멧은 머치닉 할머니 말고 진정으로 내 쥐를 좋아해 주는 단 한 사람이었다. 엄마는 결국 마음을 바꿔 허밍이 너무 가까이 다가오지 않는 한 우리와 같이 살아도 된다고 허락해 주었다. 스우지 아줌마와 닉은 허밍의 존재를 잘 견뎌 내더니, 허밍이 둘을 툭툭 건들면 머리나 배를 긁어 주기까지 했다. 조지아와 베아트리스와 제니스는 허밍을 보더니 깜짝 놀라서 뒷걸음질을 쳤다. 자기들이 '쥐 소녀'의 친구라고 소문나지 않도록, 우리 무리에 허밍은 환영하지 않는다는 사실을 못 박으면서.

하지만 에멧은 달랐다. 에멧은 허밍을 잘 다루었다.

나는 머치닉 할머니가 준 천을 꺼내어 잔디 위에 쫙 펼치고 먹을거리도 다 꺼냈다. 하지만 암만 봐도 소풍처럼 보이지는 않았다.

나는 가져온 치즈 조각을 가리켰다.

"저건 에멘탈러야. 스위스 치즈를 그럴싸하게 부르는 이름이지. 배랑 크랜베리 타르트도 조금 있어. 그리고 하루 지난 프랑스빵하고."

에멧이 빵 조각을 떼어 내면서 말했다.

"하루 지난 빵이라는 누명을 씌우다니. 나는 되게 좋던데. 신선한 빵은 지나치게 부드럽잖아."

에멧은 천 위로 자리를 옮겼다. 나도 에멧 옆에 앉았다. 우리는 잠시 동안 바다를 바라보며 먹기만 했다. 마침내 에멧한테서 나는 냄새가 무슨 냄새인지 떠올랐다. 그 애한테서 양파 냄새가 났는데, 엄마가 부엌에서 내 눈에 눈물이 나도록 썰 때 나던 냄새와는 달랐다. 데이지 아줌마네 식당에서 저녁 식사 때 먹은 튀긴 양파와도 달랐다. 에멧한테서는 달콤하고 신선한 양파 냄새가 났다. 기분 좋게 만드는 냄새였다.

에멧 옆에 앉아 있는 것은 끝없이 수다를 떨어 대는 조지아네 일당 옆에 앉아 있는 것과 달랐다. 누구도 침묵을 허겁지겁 채우려 하지 않았다.

내가 마침내 입을 열었다.

"학교 주변에서는 널 못 본 것 같아."

이런 말을 꺼내서 뭔가 정보를 더 끌어내고 싶었다. 자기가 몇 학년인지 말할지도 모르고, 그러면 나이를 알 수 있을지도 모른다. 에멧이 우리 학교에 다니지 않는다는 사실은 거의 확실했다. 한 학년 위나 아래인 남자아이 중에 조지아와 베아트리스와 제니스가 양말 브랜드까지 분석하지 않은 아이가 없었기 때문이다. 어느 학교에 다니는지만 알면 엄청나게 많은 걸 알 수 있을 텐데.

에멧이 나처럼 벤자민 프랭클린 학교에 다니지 않는다면 이 지역에 딱 하나 있는 사립 학교 학생일 수 있다. 선생님이 학생을 부를 때 성을 부르고, 국어 시간에 자기가 읽을 책을 각자 정하는 학교 말이다. 그런 학교에 다닐 만큼 돈

많은 집 아이가 왜 마지막 순서로 골목에 들러 하루 지난 빵과 치즈를 가져가는지는 수수께끼였지만, 어차피 에멧에 관한 것은 모두가 수수께끼였으니까.

만약 에멧이 벤자민 프랭클린 학교나 사립 학교에 다니지 않는다면 직업 학교 학생일 수도 있다. 서비스업 기술을 배우거나 농장 시설 다루는 방법을 배우는, 문제아들이 다니는 학교 말이다. 나는 언제나 이 학교가 공부에 뜻이 없는 아이들을 위협하려고 부모들이 지은 건 아닌지 의구심이 들었다. 나쁜 짓을 하면 크리스마스 요정(크리스마스 요정은 산타클로스의 일을 부지런히 돕는 요정을 말한다. - 옮긴이)을 부르겠다고 협박하는 식으로 말이다.

에멧이 말했다.

"나는 다른 동네에서 왔어. 얼마 전에 저기 남쪽에서 이곳으로 왔지."

"저기 남쪽 앨라배마 같은 곳에서?"

역사 시간에 몽고메리 버스 보이콧 사건(1955년 12월부터 다음 해 11월까지 미국 앨라배마 주 몽고메리에서 흑백 분리주의 철폐를 요구하며 흑인들이 승차 거부 운동을 벌인 사건을 가리킨다. - 옮긴이)을 배웠는데, 그 내용이 머릿속에 콱 박혀 버렸었다.

에멧이 웃었다.

"저기 남쪽 로스앤젤레스 같은 곳에서."

로스앤젤레스. 가 본 적은 없지만 대저택이니 야자나무니 수영장이니 하는, 이 모든 게 언제나 눈부신 빛 속에 물들어 있는 모습을 영화나 텔레비전에서 봐서 잘 알고 있었다. 어떻게 그런 곳에서 이런 곳으로 오는 사람이 있을 수 있지?

"그럼 너는 어디서 사니?"

"지금은 우리 아빠 친구분들 집에 머물고 있어. 아빠가 일자리를 찾으면 우리가 살 곳을 구할 거야. 아빠는 원룸 같은 곳을 구할 거라고 하셔."

나는 지난번 골목에서 내 이름을 설명하면서 우리 아빠 이야기를 들려줬는데, 에멧은 엄마의 부재에 대해서는 아무 귀띔도 해 주지 않았다. 그래서 엄마 얘기는 하기 싫은가 보다고 넘겨짚었다.

나는 풀잎 한 가닥을 뽑았다. 아빠는 엄마한테 풀피리 부는 방법을 가르쳐 줬고, 엄마는 나한테도 요령을 전수해 주었다. 하지만 풀피리 소리가 예전처럼 나지 않아서 그냥 내던졌다.

"이곳에는 대체 왜 왔니?"

나는 언제나 정류장에 살고 있다고 생각했다. 이 정류장은 진짜 삶이 펼쳐질 곳으로 향하는 길 어딘가에 있는 거라고. 이곳은 누구든 찾아오는 곳이 아니라 떠나는 곳이라고.

물론 위스콘신에서 이사 온 스우지 아줌마도 있었다. 하지만 본인도 인정했듯이, 도시다운 도시는 죄다 아줌마한테 버거운 곳이었다. 나는 언제나 스우지 아줌마가 1번 고속도로에서 낡은 포르쉐에 기름이 다 떨어져, 유클리드 거리와 4번 거리 교차로에 있는 모빌 주유소로 차를 견인시켜 가는 모습을 떠올릴 수 있었다. 아줌마가 차에서 내려 주위를 두리번거리며, 새 출발을 했더니 더 나쁜 곳에 왔다는 결론을 내리는 모습도 눈에 선했다.

"뭐, 말했듯이 방이 남는 친구분들이 계셔서."

에멧은 이 말을 퉁명스레 하지는 않았지만 이런 얘기라면 그만하자는 신호를 보이며, 이로써 마침표를 찍겠다는 것을 강조하듯이 말했다.

"난 거의 열다섯 살이 됐어."

나는 이 말을 불쑥 내뱉고는 곧바로 바보가 된 기분이 들었다. 먼저, 나는 생일이 1월이기 때문에 열네 살하고 반이었다. 그리고 자기 나이에 자신 없는 사람만이 다음 해 나이를 끌어온다는 사실은 누구나 안다.

게다가 에멧은 묻지도 않은 질문이었다. 그러니 내가 왜 무턱대고 나이부터 불쑥 말했는지 이상하게 여길 수도 있었다.

뭐, 더 나빴을 수도 있다. "내가 좋아하는 색은 밝은 자주색이야."라고 말할 수도 있었으니까. 하지만 나는 에멧이 무슨 색을 좋아하는지는 관심 없었다. 몇 살인지가 신경 쓰였다.

"음, 거의 생일 축하해."

"고마워."

"천만에. 그리고 여기까지 와 줘서 고마워."

에멧이 잠시 말을 멈추었다.

"넌 멋진 애야, 로빈."

한번은 크리스 태너가 학교 복도에서 조지아 옆을 지나가다가 조지아한테 끝내준다고 말한 적이 있다. 조지아는 그 말을 점심때 했다. 그러더니 다음 날 우리한테 그 말을 또 했고, 그 다음다음 날에도 했고, 그 뒤로도 또 했다.

나는 '그게 뭐 대수야?'라고 생각했었다.

하지만 지금은 알 것 같다.

에멧 크레인이 내게 멋지다고 말했다고, 조지아와 베아트리스와 제니스가 지구 반대편에 있지 않았다면, 나도 걔네들한테 말했을 거다. 누누이, 되풀이해서, 여러 번.

내가 말했다.

"고마워."

에멧이 덧붙였다.

"그런데 말이야, 열다섯 살이 되려고 서둘지는 마. 내 말 믿어도 돼. 흔히 여기듯 좋지만은 않아."

아빠의 공책에 이런 목록이 있다.

내가 십 대였을 때 알았더라면 좋았을 점 : 점점 더 쉬워진다.

때때로 아빠의 간결함 때문에 돌아 버릴 것 같았다. 좀 더 자세히 쓰면 숨이 넘어가나? 대체 뭐가 더 쉬워진다는 건지! 자전거 타기가? 외국어 배우기가? 남자 또는 여자에 대해 이해하기가?

그 목록을 처음 읽었을 때 머릿속이 완전히 새하얘졌다. 그래서 다음 목록으로 넘어갔고 그 목록에 대해서는 잊어버렸다. 하지만 이제 그 문장은 이해되지 않던 바로 그 순간으로, 내게 제대로 되돌아왔다.

내가 말했다.

"점점 더 쉬워지겠지. 그러니 열여섯 살이면 더 나아지지 않을까?"

에멧이 어깨를 으쓱했다.

"네 말이 맞으면 좋겠다."

우리는 남은 음식을 모두 해치웠다. 마지막 남은 에멘탈러 치즈 조각과 빵과 타르트까지 모조리. 그러고도 우리의 소풍을 연장시켜 줄 뭔가가 있기를 바라며 가방 안을 들여다보았다. 순간 빨간색이 휙 보였다. 하와이에서 인기 있다는 초코바.

내가 초코바를 쓱 내밀었다.

“굿 뉴스 초코바 먹을래?”

“좋지. 누가 ‘좋은 소식’을 마다하겠어?”

15. 굉장히, 아주 좋은 하루

그날 밤 엄마는 가게에서 집으로 돌아와 오늘 하루가 어땠는지 물었다. 나는 '좋은 하루'였다고 대답했다. 엄마는 좋은 하루였다는 말은 대답으로 칠 수 없다고 했다. 나는 "알았어요, 오늘 하루는 굉장히, 아주 좋은 하루였어요."라고 대답했다.

우리가 나눈 대화에서 딱 하나 주목할 점은 이런 식으로 대화한 건 이번이 처음이라는 점이었다. 나는 보통 엄마가 알고 싶어 하면 무엇이든 대답했다. 엄마한테는 아무것도 숨기지 않았고, 엄마도 나한테 숨기는 건 하나도 없다고 생각했다. 우리는 뭐든 터놓고 지내는 사이였다. 우리는 둘이었지만 하나였고, 하나였지만 둘이었다. 기댈 곳은 우리뿐이었다. 이런 식이었는데.

하지만 이제 나는 은색 차와 목록이 적힌 공책과 해 질 녘 골목에 나타나는 남자아이가 사는 세계에 살고 있었다. 언덕 꼭대기에 숨겨진 공원. 풍성한 치마를 입은 여자아이.

모든 게 변하고 있었다.

"다시 얘기해 보자."

엄마는 가방에서 식료품을 꺼내며 천천히 말했다. 가게에서 가져온 라비올리 조금과, 샐러드에 넣을 야채와 엄마가 마실 와인 한 병이 있었다.

"오늘은 뭐 했니? 책을 읽었니? '환상 특급' 재방송을 봤니? 다리털을 밀었니? 음반들을 알파벳순으로 정리했니?"

"친구랑 보냈어요."

엄마 얼굴이 환해졌다. 내가 또래 친구들과 충분히 어울리지 않아서 엄마가 걱정한다는 사실을 잘 알고 있었다. 엄마는 축구도 그만두지 말라고 다그쳤다. 나를 여름 캠프에 보내려고도 했다. 학교 동아리에 들라고도 했다. 나는 언제나 싫다고 했고, 엄마가 나를 몰아붙일수록 더욱 짜증이 났다.

누구든 걱정거리가 되고 싶어 하지 않는다. 불쌍하게 보이고 싶어 하지도 않는다. 바로 자기 엄마한테는 말이다.

행복해 보이던 엄마 표정이 궁금하다는 표정으로 변했다.

"조지아는 다른 두 친구들하고 런던에 있지 않니?"

"그렇죠."
"그럼 새 친구구나?"
"네."
"잘됐다. 아주 잘됐어. 그 여자애 이름은 뭐야?"
나는 망설였다. 샐리나 수잔이라고 말할 수도 있었다. 엠마처럼, 꽤 비슷한 이름을 댈 수도 있었다. 하지만 에멧이 내 새 친구라는 사실을 숨겨야 할 이유가 없었다. 화재가 일어나기 쉬운 계절에 바짝 마른 언덕을 올라갔다는 얘기에 엄마가 신이 나지는 않겠지만, 내가 남자아이와 친구가 되는 걸 반대할 이유는 없어 보였다.
"그 남자애 이름은 에멧이에요."
엄마는 박자를 놓치지도 않고 계속해서 야채를 썰었다.
"그 남자애는 어떻게 만났니?"
"가게에서 만났어요……. 우리 집 치즈를 엄청 좋아해요."
나는 껍질 벗기는 칼을 들고 오이 껍질을 벗겼다.
"이곳에 처음 왔다길래 그냥 주위를 구경시켜 줬어요."
"멋지구나, 티티야. 정말 잘됐어."
우리는 나란히 서서 저녁을 만들었다. 저녁을 먹은 뒤 엄마는 요 며칠 그랬듯이 일찍 잠자러 갔고 나는 텔레비전 채널을 휙휙 돌렸다.

나는 에멧을 떠올렸다. 나더러 멋지다고 한 말을 떠올렸다. 긴 의자에 늘어지게 누워서 손 하나 까딱하지 않았지만, 심장은 종잡을 수 없는 박자로 심폐 운동을 하기 시작했다.

어떻게 이럴 수 있지? 나는 거의 1년 동안 닉을 사랑했다. 나는 몽상가가 아니었다. 그래서 닉도 나를 사랑한다거나 사랑할 수 있으리라는 믿음, 닉과 함께 생면 파스타와 치즈 왕국에서 영원히 행복하게 살리라는 믿음은 전혀 갖지 않았다. 그저 닉과 가까이 있으면 기분 좋아지는 경험이 새로웠을 뿐이다. 나는 그게 특별한 일이라고 생각했다. 바다 냄새가 풍기는 닉한테도 특별한 일이라고. 그랬는데, 언덕 꼭대기에 다다라 풀밭에 큰 대자로 누워 있는 에멧을 봤을 때도 그것과 똑같은 느낌이 돌풍처럼 덮쳐 오다니.

내가 그렇게 변덕스러운 아이였나? 다른 남자아이의 매력에 그렇게 쉽게 빠지는?

뭐, 나는 적어도 조지아와 베아트리스와 제니스와는 달랐다. 학교에 다니는 모든 남자아이들을 잠재적인 남자 친구로 삼지는 않았으니까. 잡지에서 오린 영화배우 사진을 방 벽에 붙이는 일도 없었다. 내가 반한 사람 이름 옆에 나란히 내 이름을 적은 뒤 청첩장 상단에 이렇게 인쇄돼 있으면 어떻게 보일까 살펴보는 애가 아니었다.

나는 남자라면 껌뻑 죽는 애가 아니었다. 진짜 아니었다. 아마 외로웠나 보다. 머치닉 할머니가 나를 제대로 보신 거다.

16. 활짝 열어 둔 얼굴

나는 에멧이 준 쪽지 두 개를 베개 밑에 두고 잠이 들었다. 다시 학 모양으로 접으려고 애써 봤지만, 가장 잘 나온 게 달팽이 엇비슷한 모양이었다. 쪽지들이 다시 두 날개를 펼칠 수 있었더라면 종이학들을 내 시선이 닿는 침대 옆 탁자에 두었을 텐데. 에멧이 쓴 글씨는 종이학 품에 숨기고 말이다. 하지만 그러지는 못하고, 종이 주름을 최대한 판판하게 펴서 내가 아는 곳에 안전하게 숨겼다. 그 쪽지는 엄마나 다른 누구와도 공유하고 싶지 않았다.

에멧이 내게 더 가까이 왔으면 하는 마음으로 에멧의 쪽지 위에 머리를 두고 잤는데, 소용없는 일이었다. 아침에 가게에 가서, 모두 다섯 번 쓰레기를 버리러 나갔지만 종이학은 없었다. 저녁에는 송로가 든 양젖과 캐러웨이씨가 든 에

담 치즈를 내다 놓았다. 다음 날 둘 다 없어졌지만 에멧 크레인이 남긴 흔적은 아무것도 없었다.

일곱 날이 흘렀다.

어떤 한 주였느냐면, 에멧에 대해서 무엇이 진실인지 질문을 던지기 시작한 한 주였다. 엄마가 이틀 밤을 늦게까지 밖에서 보낸 한 주였고, 닉과 관계를 회복한 한 주였다. 뭘 그리 초조해하느냐는 스우지 아줌마의 물음을 피하던 한 주였다.

"네 얼굴에는 속마음이 다 드러나."

스우지 아줌마가 카드 게임을 하면서 말했다. 엄마가 '늦게까지 일한다'던 그 주의 이틀 밤 중 첫날 밤에 스우지 아줌마가 나와 함께 있으려고 우리 집에 왔다.

"티티새 나라에 뭔가 잘못되고 있다고 얼굴에 쓰여 있는데."

"그냥 피곤해서 그래요."

나는 자라고 있었다. 나는 십 대였다. 나는 피곤하면 안 되나? 그럴 권리도 없나?

그 주 중반에 플레처 멜처가 가게에 들렀다. 나는 창문으로 그를 보자마자 비상 모드로 바뀌어서는 스폰지를 잡아채어 이미 먼지 하나 없는 카운터 위를 미친 듯이 닦아 댔다.

"웩처가 떴어요!"

내가 소리쳤지만 닉과 스우지 아줌마는 듣는 둥 마는 둥 했다.

웩처 벡처는 예전처럼 허공에 코를 들이밀고 냄새를 맡거나 온도를 확인하지 않았다. 최신 보건국 규범 목록을 주고 가려고 들렀다고 했다. 그는 고작 1분 머물렀는데 한 사람 한 사람을 다정하게 대했다. 유클리드 거리의 사악한 악당이 아니라, 마치 조그마한 소도시의 친절한 시장처럼 굴었다.

나는 닉이 파스타 만드는 자리로 철수했다.

"좋은 사람인 척하는 빤한 행동에 속지 마. 뭔가 꿍꿍이가 있는 게 분명해."

내가 소근거리며 하는 말에 닉은 장단을 맞춰 주지 않았다. 그대로 웩처가 떠나는 모습을 보고 있자니 조금은 실망스러웠다.

닉이 라자냐를 켜켜이 놓을 때 나는 부루퉁해 있었다. 우리는 파스타 만드는 양을 줄이고 있었다. 엄마가 바라는 만큼 빨리 팔리지 않았기 때문이다. 대신 우리는 냉동시킬 수 있는 식사거리를 만들었다. 오븐에 넣어 한 시간 안에 차려 낼 수 있는 음식들 말이다. 식구들이 모두 직장에 다니는 가정을 위한 음식이었다. 내 제안에 따라 우리는 치즈를 넣어 구운 마카로니 요리를 시도해 보았는데 대박이 났다.

닉이 말했다.

"베카의 생일인데, 뭘 선물해야 할지 전혀 모르겠어."

나는 우리의 다음 기획 요리를 위해 달걀을 풀고 있었다. 리코타 치즈와 바질을 채운 시금치 파스타 시트였다. 나는 닉이 한 말을 못 들은 척했다.

닉이 말했다.

"드루, 부탁 좀 하자. 나 좀 도와주라. 여자가 해 주는 충고가 필요해. 여자들은 다른 여자들이 뭘 원하는지 알잖아. 너도 여자고, 취향도 고상하고. 게다가 넌 똘똘하니까 나 좀 도와줘."

닉한테 그렇게 보였다니 기분이 으쓱해졌다. 하지만 나는 여자를 잘 몰랐다. 맞다, 나도 여자지만, 내가 뭘 원하는지만 알았다. 나는 가죽 재킷이 갖고 싶긴 했다. 하지만 그보다도, 내가 무얼 갖고 싶어 하는지 내 남자 친구가 알아주기를 바랐다. 자기 나름대로 그걸 알아낼 만큼 나에 대해 잘 안다는 사실을 내가 알길 바랐다.

내가 물었다.

"뭔가 좋은 생각은 없어?"

"딱 하나 있는데, 바보 같아."

"말해 봐."

"그게, 베카는 내가 헬멧 안 쓰는 걸 싫어해. 그래서 헬멧을 사면 어떨까 해서. 커플 헬멧 같은 걸로. 그러면 베카도 자기 오빠한테서 얻은 괴상한 헬멧을 안 써도 될 테니까. 나는 헬멧을 안 쓰던 자유를 희생하는 거지만. 그래도 베카를 기쁘게 해 주기 위해서 말이야."

나는 닉 옆에서 파스타 만드는 둥근 의자에 앉아 아무 말도 하지 않았다.

"거 봐. 바보 같은 생각이라고 했잖아."

"닉, 내가 들은 말 중에서 가장 바보 같지 않은 말인데?"

"정말?"

"정말."

닉은 내게 더없이 아름답게 활짝 웃어 주었다.

시간이 갈수록, 그날 밤 기다란 의자에 누워 에멧에 대해 팔랑거리는 기분을 느낀 나 자신을 점점 더 꾸짖었다. 나는 마음을 편히 가졌다.

엄마가 내 저녁거리를 가방에 싸면서, 세 번째로 늦게까지 일해야 한다고 말했다. 나는 이미 마지막 쓰레기와 치즈와 빵을 내다 놓은 뒤였다. 앞문은 잠겨 있었다. 스우지 아줌마는 병원 예약을 해 놓아서 일찍 퇴근했다. 닉과 베카는 각자 자기 헬멧을 쓰고 드라이브하러 갔다.

나는 가게를 가리키며 물었다.

"할 일이 뭐가 남았는데요?"

가게는 티 하나 없이 깔끔했다. 카운터도 정리했고, 바닥도 쓸었고, 진열대는 닫아 놓았다.

엄마는 내가 "왜요?"라는 말을 백 번쯤 물은 코흘리개라도 된 듯 화를 내며 말했다.

"티티야, 엄마가 처리해야 할 서류가 말도 못하게 쌓여 있어. 지불해야 할 청구서들도 있고. 장부를 보고 수입과 지출도 맞춰 봐야 해."

"다른 데 가는 건 아니고요?"

"딱 내 책상 앞에 있지."

"은색 차를 타고 나가진 않는다는 거죠?"

곰곰이 생각해 보기도 전에 이 말이 튀어나와 버렸다. 순간 우리 사이에 틈이 생겼고, 나는 내뱉은 말을 다시 집어삼키고 싶었다.

엄마가 조심스레 물었다.

"무슨 말이니?"

"아무것도 아니에요."

"아무것도 아닌 말로 들리지 않는데."

나는 몸을 기울여 엄마를 꼭 안았다. 엄마는 방심했던 터라, 한 박자 뒤에 나를 두 팔로 안아 주었다. 나는 엄마를 더 꽉 껴안았다. 엄마가 으스러질 만큼 꽉 껴안았다. 내가 시작한 대화가 어떻게든 없던 게 되길 바라면서. 알고 싶지 않았으니까.

나는 엄마가 오늘 밤 책상 앞에 앉아 있으리라 믿고 싶었다. 청구서를 처리하면서, 장부를 보고 수입과 지출을 확인하면서. 그래서 내가 어린아이였을 때처럼, 그게 이 세상에서 뭐든 바로잡을 수 있는 만능 방법이라고 생각했던 때처럼 엄마를 꽉 껴안았다.

“아무것도 아니에요.”

나는 이 말을 다시 하고는, 저녁거리가 든 가방을 들고 자전거를 타고 집으로 갔다.

저녁거리를 냉장고에 넣고 대신 시리얼 한 그릇을 먹었다. 물을 끓이기가 너무 귀찮았고 엄마가 준 파스타라면 죄 질려 버렸다. 날이 아직 밝았지만 잠옷으로 갈아입고, 아래층에 내려가 엄마의 음반이 있는 오디오를 틀었다. 텔레비전은 볼만한 프로가 없었다. 나는 읽을 만한 게 없는지 책장을 쭉 훑었다. 나 자신과 다른 모든 걸 잊을 만큼 그림이든 뭐든 잘할 수 있는 게 있다면 좋았을 텐데. 음악을 좀 더 크게 틀었지만 문을 두드리는 소리를 못 들을 정도는 아니었다.

화재에 대한 두려움이나 늘 도사리고 있는 핵전쟁에 대한 큰 두려움을 빼면, 우리 집 주변은 걱정이 없었다. 엄마는 안전에 대해서 잔소리하는 법이 없었다. 엄마는 나를 믿었다. 또 나를 집에 홀로 놔두고, 어디든 내가 가고 싶은 대로 가고, 자전거를 타고 엄마하고 떨어져 있는 시간 동안 무엇을 했는지 자세하게 설명하지 않아도 될 만큼 세상을 믿었다. 이를테면 친구한테 시내를 구경시켜 주었다는 말을 해도 그 일에 대해 꼬치꼬치 캐묻지 않았다.

그래도 나 혼자 집에 있을 때는 현관문을 잠가 두었다. 누가 와도 문을 열어 주지 않았다. 소포가 오더라도 다음 날 배송되게 미루거나 문간에 놓고 가도록 내버려 두었다. 누군가 뭘 팔러 왔다 해도 나는 살 게 없었다. 내 서명이 필요한 청원서도 없었다.

나는 그 자리에 서서 두 번째로 부드럽게 노크하는 소리를 들었다. 집에 혼자 있을 때 누가 우리 집에 온 기억은 하나도 없었다. 지금까지는 그런 시험대에 올라간 적이 없었다.

세 번째.

그런 다음 속삭이는 소리가 들렸다.

"로빈?"

내 이름을 그렇게 부를 사람은 한 사람뿐이었다. 나는 문을 열었다.

에멧이 현관 불빛 아래 서 있었다.

에멧이 말했다.

"안녕."

에멧은 뭔가 미안해하는 태도로 서 있었다. 적어도 나는 그렇게 받아들이기로 했다. 에멧은 내 삶에서 일주일 동안 사라진 것에 미안해했다.

"안녕."

에멧은 웃음을 짓고는 검은 머리카락을 눈 위로 쓸어 넘겼다.

내가 물었다.

"들어올래?"

에멧은 깔개에 신발 바닥을 문질렀다. 그 행동 하나만으로도 우리 엄마를 자기 편으로 만들었을 것이다.

에멧은 거실을 둘러보았다. 가만히 서서 집 안에 누군가 있는 소리가 들리는지 기다리는 듯한 모습이었다.

내가 말했다.

"나 혼자야."

"너희 엄마가 아직 가게에 계신 모습을 봤어. 그래서 네가 혼자 있으리라고 생각했지."

'엄마는 일하고 있구나. 엄마가 얘기한 대로.'

에멧은 여전히 꼼짝도 안 한 채 내가 틀어 놓은 아일랜드 포크송을 듣고 있었다. 오디오에 있기에 그냥 틀어 놓았을 뿐이었다. 엄마는 이 음반을 참 좋아했지만 엄마가 이 음반을 넣을 때마다 나는 눈알을 굴렸다. '또야, 엄마?' 하는 뜻으로.

그래 놓고 내가 이 음악을 들으며 여기 있었다. 이 음악이 흐른다는 것은 엄마가 집에 있다는 소리와도 같았으니까. 집에 나 혼자 있는 게 아님을 알리는 소리였으니까.

뭔가 다른 음악을 틀었다면 좋았을 텐데. 뭔가 더 세련된 음악으로. 남자애가 자기를 만나러 들렀을 때 조지아가 틀었을 법한 그런 음악으로. 그리고 정말, 정말, 정말 잠옷을 입고 있지 않았다면 얼마나 좋았을까. 내가 입은 잠옷은 아빠들이 입는 스타일의 플란넬 잠옷으로, 양들이 구름 위를 뛰어넘는 그림이 그려져 있었다.

에멧이 물었다.

"이 음악 좋아하니?"

장난으로 묻는 질문인지 궁금했지만, 진심으로 받아들이기로 했다.

"괜찮아."

"그럼, 네가 그분을 만나게 해 줘야겠다. 내일은 뭐 하니?"

나는 긴 의자로 걸어가서 앉았다. 에멧은 내 건너편에 놓인 코듀로이 안락의자에 앉았다. 아빠가 좋아했다던 의자였다.

에멧은 무릎에 구멍이 안 난 황갈색 바지를 입고, 회색 티셔츠 위에 버튼다운 셔츠(버튼다운 셔츠는 칼라에도 단추가 달린 셔츠이다. – 옮긴이)를 걸치고 있었다. 옷을 거의 제대로 갖춰 입고 있었다. 에멧은 얼굴이 분홍빛으로 발그레했다. 떨고 있는 모양이었다. 아니면 여기까지 걸어오면서 바람을 맞아 그랬거나. 에멧이 자전거 탄 모습은 본 적이 없으니까.

볼에 난 상처는 조금 나았다. 나는 에멧이 지닌 부드러운 면모를 처음으로 주목했다. 닉처럼 아름답지는 않았지만 에멧은 다정했고, 얼굴에서는 만화 주인공 같은 살가운 분위기가 풍겼다. 에멧은 규율 따위는 내던져 버린 얼굴을 하고 있었다. 문을 활짝 열어 둔 얼굴이었다.

"가게에 가기로 되어 있는데, 그게……."

쿠션을 집어서 무릎에 올려놓았지만 보기 싫은 잠옷을 숨기는 데 아무런 도움이 되지 않았다. 나는 쿠션을 몇 번 뒤집다가 다시 내려놓았다.

"그건 그렇고, 내가 여기 사는 줄 어떻게 알았니?"

"네 뒤를 따라왔지."

'문을 열지 말았어야 했는지도 몰라.'

에멧이 몸을 앞쪽으로 기울이고는 씩 웃었다.

"로빈, 농담이야. 네 가방 안쪽에 적혀 있던 주소를 보고 알았어. '잃어버린 제 가방을 돌려주세요. 마운트 플레전트 드라이브 146번지, 드루 솔로.'라고."

맞다. 내 가방.

"내 전화번호도 적혀 있었는데. 전화할 수도 있었잖아."

'일주일 내내 기다릴 필요가 없었다고.'

에멧이 말했다.

"그럴 수도 있었겠지. 하지만 그랬다면 네가 나를 초대하는 일은 없었겠지."

나는 냉장고에 넣어 둔 저녁거리를 떠올렸다.

"배고프니?"

"배는 언제나 꽤 고프지."

나는 에멧을 데리고 부엌에 갔다.

종이 봉지에는 링귀니와 갓 만든 페스토(페스토는 이탈리아 음식 소스 가운데 하나다. - 옮긴이)와 레지아노 치즈 조각이 들어 있었다. 엄마는 가루처럼 갈아 놓은 치즈는 믿지 않았다. 우리는 언제나 우리 집 철판에서 치즈를 잘라 냈다.

나는 물을 불에 올려놓고, 은그릇과 천으로 된 냅킨을 몇 개 꺼낸 뒤 에멧을 식탁 앞에 앉게 했다. 지금까지 엄마 말고는 누구를 위해 음식을 한 적이 없었다. 떨렸다.

에멧이 물었다.

"너는 저녁 어떻게 했어?"

"벌써 먹었어."

"나도 벌써 먹었어. 그래도 나는 먹을 건데."

시리얼을 잔뜩 먹어서가 아니라, 나는 쥐처럼 떨릴 때면 입맛을 잃었다.

에멧은 포크를 집고는 손가락 사이로 빙글빙글 돌렸다.

"로빈, 너한테 할 말이 있어."

심각하게 들렸다. 쳐다본다고 주전자 물이 끓지는 않는다는 속담은 알고 있었지만, 그래도 나는 뚫어져라 냄비만 쳐다보았다.

에멧이 말했다.

"허밍에 대해서야. 네가 이 사실을 아는지 모르겠지만, 쥐는 적어도 다른 한 마리랑 같이 살아야 해. 애착을 가질 다른 녀석이 없으면 외로워해."

허밍한테 친구가 필요하다고? 나한테 하고 싶은 말이 그게 다야?

에멧은 자기가 쥐라면 모르는 게 없다고 생각할진 모르겠지만, 허밍은 다르다는 사실은 이해하지 못하고 있었다. 허밍은 다른 쥐가 필요하지 않았다. 내가 있으니까.

"나는 어디를 가든 허밍을 데리고 다녀. 허밍은 절대 외롭지 않아."

그 말은 바로 그 순간 허밍이 내 방에서 아주 외로이 홀로 있다는 사실까지는 설명해 주지 못했다. 우리가 음식을 만들거나 먹을 때에 허밍은 부엌 출입 금지였다. 엄마가 정하는 규율이 실제 이치에도 맞는 드문 경우 중 하나였다.

에멧이 말했다.

"그래, 그건 또 다른 문제야."

에멧은 의자가 거의 넘어갈 정도로, 몸을 뒤로 젖힌 채 앉아 있었다.

"허밍이 어디를 가든 갇혀 있는 그 우리는 너무 작아. 쥐한테는 돌아다닐 만한 공간이 필요해."

나는 드디어 끓기로 마음을 먹은 물에 파스타를 넣었다. 그러고는 나무 주걱을 들고 몸을 홱 돌렸다.

"그래서 이 밤에 여기까지 왔니? 내 애완동물을 보살피는 방법을 강연하려고?"

"아니, 이 밤에 여기 온 건 너를 좋아해서야."

이미 끓어오르는 물 냄비를 바라보는 것에 대한 속담은

뭐 없나? 내가 바로 그렇게 했기 때문이다. 에멧한테서 돌아서서는 물을 빤히 바라보았다. 파스타를 저었다. 요리를 끝내기까지 고작 1분 남았다. 마음을 가라앉히기에는 턱없이 부족한 시간이었다.

"나도 네가 좋아."

의도했던 것보다는 목소리가 작게 나왔다. 진심이었지만, 진심처럼 들리게 말했는지는 확실히 알 수 없었다.

나는 낯선 지역을 떠돌고 있었다.

학교에서 반 아이들이나 친구들하고 있을 때면 말 속에 숨은 의미를 해독해야 했다. 국어 시간에 베델 선생님이 '본심'이라고 부르는 것을 찾기 위해서. 사람들이 하는 말과 그 속에 담긴 생각은 따로 놀았다. 안토니오 식당에서 처음 점심 먹던 날, 조지아가 '말도 안 돼.'라고 한 것이 사실은 말이 되게 재미있으니 계속하라는 뜻이었던 것처럼.

내가 확실히 아는 한 가지는, 남자아이들은 절대 여자아이한테 좋아한다는 말을 하러 찾아오지 않는다는 점과 여자아이들은 더더군다나 남자아이한테 절대 그런 말을 하지 않는다는 점이었다.

에멧이 말했다.

"좋은데. 그런 결론이 나서 기쁘다."

나는 파스타에서 물을 빼고 치즈를 갈아 얹었다. 그러고는 에멧 앞에 미끄러지듯 접시를 내려놓았다. 어쩐지 마음이 완전히 평온해졌다. 양이 그려진 잠옷마저 반인륜적 범죄처럼 보이지 않았다.

"그럼 내일 하루는 일을 접고 나랑 같이 보낼래?"

"그래."

"좋았어!"

에멧은 나와 하이파이브를 하다가 그대로 내 손을 꽉 잡았다. 다정한 느낌이었다. 그저 1초에 지나지 않는 순간이었지만 내 인생에서 유일하게 가장 로맨틱한 순간이었다.

17. 도둑맞은 아이

에멧이 돌아가고 고작 몇 분 뒤에 엄마가 돌아왔다. 위기를 간신히 모면한 느낌이 들었다. 그 위기라는 게 정확히 뭔지는 모르겠지만. 문을 열어 준 것 이상으로 잘못한 건 없었다. 어쨌든 문 열어 주기에 대한 규율은 내가 모르는 사람에게 적용되는 문제였으니까.

에멧 크레인은 내가 아는 사람이었다. 아직 모르는 부분이 있다 해도, 그저 세세한 부분일 뿐이었다. 에멧은 내가 아는 사람이었다.

현관문이 열리고 엄마가 계단을 올라오는 발소리가 들렸을 때 나는 침실 불을 껐다. 아직 이도 안 닦고 세수도 안 했다. 하지만 장부 잔금이니, 내가 텔레비전을 봤니 안 봤니 하는 잡담을 나누고 싶지 않았다. 게다가 은색 차에 대한 이야기는 분명 하고 싶지 않았다. 마법에 걸린 듯한 이 밤을 깨고 싶지 않았다. 이 밤은 나만의 밤이었다.

엄마가 계단을 다 올라온 순간 침대로 뛰어들었다. 일찌감치 끔찍한 잠옷으로 갈아입은 게 이 순간 나를 구했다. 베개에 막 머리를 대자마자 엄마가 내 방문을 끼익 열었다.

"티티야?"

나는 돌처럼 가만히 있었다.

엄마는 눈이 어둠에 익숙해지도록 잠시 가만히 서 있었다. 그러고는 누워 있는 내 몸의 윤곽을 살펴보았다. 내가 방에 있는 걸 확인하려고.

엄마가 속삭였다.

"엄청 사랑한다."

에멧은 다음 날 11시에 나타났다. 나는 침실 창문으로 내다보고 있다가 에멧이 모퉁이를 돌아오는 모습을 보고는 계단을 뛰어 내려가 문을 열었다.

그런데 나는 옷을 완전히 잘못 입고 있었다. 에멧은 해변에서 입는 반바지에 슬리퍼를 신고 민소매 티셔츠를 입은 차림이었는데, 나는 청바지에 스니커즈 운동화를 신고 후드티를 입고 있었다. 엄마가 에어컨 신봉자인 덕분에 바깥

세상이 얼마나 더운지 모르고 있었다.

에멧은 선글라스를 위로 올리고는 내 차림새를 확인했다. 그 시선이 모든 걸 말하고 있었다. 나는 옷을 갈아입으러 다시 계단을 뛰어 올라갔다.

내가 침실에서 소리쳤다.

“오늘 어디 간다는 말 안 해 줬잖아!”

에멧이 맞받아쳤다.

“스키 타러 간다는 말은 분명히 안 했지. 얼음낚시 하러 간다고도 안 했고.”

나는 수영복 위에 티셔츠와 반바지를 입었다. 이번 여름 내내 해변 가까이는 얼씬도 안 했는데 그건 범죄 행위나 마찬가지였다. 해변을 무척 좋아하긴 했지만 혼자 가는 게 재미있을 리 없었다.

나는 거울을 보았다. 얼굴이 창백했다. 엄마가 가게를 열기 전, 여름날이면 코가 타서 살갗이 벗겨지던 내 모습이 그리웠다. 엄마가 수건 몇 장과 양동이와 삽과 잡지 한두 권을 챙겨서 나랑 파도 옆에서 하루를 꼬박 보내던 시절 말이다.

나는 계단을 뛰어 내려갔다. 거울에 비춰 보기라도 한듯, 에멧 얼굴을 보고서야 나도 입이 두 귀에 걸리도록 웃고 있음을 알았다.

"왜 그렇게 웃고 있어?"

나는 "아주 오랜 시간 끝에 처음으로 행복해. 정말 행복해."라고 속 시원히 말할 수가 없었다.

"아무것도 아냐."

에멧이 어깨를 으쓱했다.

"그럼 됐어."

에멧은 부엌으로 나를 따라왔다. 나는 부엌에서 과일과 치즈를 조금 집어 들었다. 에멧도 가방을 가지고 온 터라 거기에 먹을거리를 채워 넣고, 거실에서 내가 쓸 수건과 물을 챙기고 허밍도 넣었다.

에멧은 앞장을 서서 따라오라는 몸짓을 하고는 현관문을 닫았다.

나는 언제나 '구조대 기지국 21'이 있는 해변에 가곤 했다. 해변이 가장 넓고 물결도 잔잔한 곳이었다. 그곳이 내가 아는 유일한 해변으로, 눈 감고도 15분이면 갈 수 있었다. 그곳에 가려면 현관문에서 왼쪽으로 돌아야 했는데, 에멧은 오른쪽으로 돌았다.

우리는 걸음을 멈추고 몸을 빙글 돌려 서로 마주 보았다. 마치 시트콤의 한 장면처럼 웃겼다. 우리는 잘 통한다고 확신했기 때문에 어디에 가는지 굳이 말할 필요도 없다고 생각했다.

"이쪽이야."

에멧이 자기 쪽으로 손짓을 했다.

"정말?"

나는 도저히 못 믿겠다는 표정을 지었다.

"진짜야."

나는 어깨를 으쓱했다.

"알았어, 그럼."

에멧 쪽으로 걸어가자 에멧이 내게 팔을 뻗었다. 내게 팔을 두르려 한다고 생각했는데, 에멧은 그저 친근하게 나를 한 번 툭 밀쳤다. 그리고 우리는 길을 떠났다.

에멧이 걸어서 가는 해변은 내가 걸어서 가던 해변보다 거의 두 배는 멀었지만, 그런 지적은 하지 않았다. 늘 내 말만 맞다고 우기지 않으려고 노력하는 중이었다. 이건 외동딸로 살면서 생긴 부작용인 듯했다. 우리 집에는 내 방, 내 물건, 내 옷이 있었다. 뭐든지 누군가와 나눌 필요가 없었다. 생각이나 의견조차도.

나는 고집불통이었다. 엄마는 내가 그 말을 이해할 수 있을 만큼 나이를 먹은 뒤로 쭉 그렇게 말해 왔고, 나는 그런 꼬리표를 거부했다. 그런 행동마저도 내가 고집불통이라는 지적에 대해 고집불통으로 굴고 있다는 걸 의미하는데 말이다. 엄마는 이런 성격이 아빠를 꼭 닮았다고 했다. 아빠 공책에 '가장 큰 단점'이라는 항목이 굵은 글씨로 쓰여 있는 걸 보면 맞긴 맞다. '고집불통'이라고.

에멧이 데려간 해변은 북쪽으로 굽이진 작은 만 바로 옆으로, 바위를 타고 내려가야 했다. 가장 먼저 알아차린 사실은 그곳에는 구조대 기지국이 없다는 점이었다. 나는 수영을 무척 잘했다. 뛰어나게 잘한다고 해야 할지도 몰랐다. 그렇더라도 구조 요원이 필요하지 않다는 뜻은 아니었다. 바다의 법칙을 능가할 자는 아무도 없다고 굳게 믿었으니까.

우리는 마지막 바위에서 뛰어내려 가파른 절벽까지 쭉 펼쳐진 조그마한 백사장에 내려섰다. 아무도 있는 줄 모를 법한 비밀스런 해변이었다.

그곳에는 한 무리의 아이들 말고는 아무도 없었는데, 아이들은 나무 그루터기 두 개에 얹어 놓은 낡은 서핑 보드를 탁자 삼아 빙 둘러 앉아 있었다. 다들 몇 살인지 정확히 파악이 안 되지만 머리 굵은 십 대 같았다. 학교에서라면 나 같은 7학년과는 결코 말도 섞지 않을 듯한 아이들이었다.

한 명이 소리쳤다.

"에멧!"

에멧은 친근하게 손을 흔들어 보이고는 나를 그쪽으로 데려갔다.

누군가가 기타를 치고 있었다. 하지만 우리가 다가가자 음악이 그쳤다.

에멧이 말했다.

"얘들아, 얘가 로빈이야."

"로빈!"

모두들 한목소리로 외쳤다. 여러 사람이 한목소리로 내 이름을 외치는 건 처음 들어 봤다. 이젠 로빈이 내 이름이 아니라는 것은 신경 쓰이지도 않았다. 이날은 이미 내가 아닌 다른 사람에게 펼쳐진 하루 같아서, 그 이름으로 불리는 것도 좋았다.

기타 치던 사람은 다시 연주와 노래를 이었고, 다른 아이들은 귀를 기울였다. 에멧은 내게 몸을 기울이고는 손가락으로 한 명 한 명 가리키며 이름을 알려 주었다.

"재스퍼, 크리스티안, 몰리, 데어더야."

세 명이 담배를 피우고 있었다. 두 명은 문신이 있었다. 몰리는 윗입술에 링이 있었다.

에멧이 기타 치는 사람을 가리키며 속삭였다.

"꼭 만나게 해 주고 싶었던 사람이야. 핀이라고 해."

핀은 나이가 더 많아 보였다. 무엇보다도 덥수룩한 딸기색 수염이 있었다. 핀은 딸기색 머리에 모직 모자를 쓰고 있었다. 기타는 스티커로 잔뜩 뒤덮여 있었고, 손가락에는 은반지를 잔뜩 끼고 있었다.

노래가 귀에 익숙하게 들렸다. 마치 자장가처럼, 누군가가 한번쯤 불러 준 듯한 노래였다. 우리 엄마는 노래를 많이 불러 주는 사람은 아니었지만.

에멧이 내 귀에 대고 말했다.

"핀은 버스커야."

버스커가 무슨 뜻인지는 잘 몰라도 좋게 들렸다.

"핀은 아일랜드에서 왔어. 어젯밤에 네가 듣고 있던 노래랑 비슷하지 않아? 더 좋을지도 모르고. 안 그래?"

나는 고개를 끄덕였다. 단지 음악 때문이 아니었다. 이곳에는 절벽이 있었고, 비밀스러웠고, 가까이 있는 낯선 사람들한테서 위험한 느낌이 풍겼다. 그리고 내 귀에 스며드는 에멧의 따스한 숨결이 있었다. 이 모든 게 노래 속에서 나 자신을 잃어버리고 싶게 만들었다.

나는 귀를 기울였다. 핀은 눈을 감은 채 노래를 불렀다.

"이리 오렴, 사람의 아이야!

물가로, 거친 들판으로
요정과 손에 손을 잡고
이 세상은 네가 이해할 수 있는 것보다
더 눈물로 가득 차 있으니."

언뜻 핀의 노래가 낯익다는 생각이 들었다. 내가 알아들은 건 노랫가락이 아니었다. 가사였다. 윌리엄 버틀러 예이츠의 시에서 따온 가사였다.

아빠의 목록에 나온 항목.

가장 좋아하는 시인들 : 쉘 실버스타인, 윌리엄 버틀러 예이츠.

예이츠라는 이름은 그때 처음 들었다. 그래서 어느 날 가게가 한산할 때 도서관에 가서 예이츠의 시집을 살펴봤다. 지금 들리는 노래 가사가 그때 본 시 중에 있었다. 제목은 '도둑맞은 아이'였다.

핀의 노래가 끝났다. 잠시 정적이 흐른 뒤 박수갈채가 터져 나왔다.

핀이 말했다.

"좋아요, 신사 숙녀 여러분. 저는 이만하죠. 이제 이야기들 나누세요. 좋은 하루 되시길."

핀이 기타를 케이스 쪽으로 치웠다. 재스퍼, 아니 크리스티안이었나, 그 아이가 몰리, 입술에 링을 단 여자아이 손을 잡았다. 둘은 바다로 달려가 파도에 뒤쪽으로 몸을 던졌다. 여자아이는 싹둑 자른 청바지와 흰색 브이넥 티셔츠를 입고 있었다. 남자아이는 카고 반바지와 소매를 잘라 낸 격자무늬 플란넬 셔츠 차림이었다. 둘은 물 위로 쑥 나오더니, 남자아이가 여자아이 허리를 잡았다. 바다에서부터 내가 뭘 할지 몰라 하며 에멧 옆에 서 있는 곳까지 웃음소리가 밀려들었다.

나는 결코 저 여자아이처럼 할 수는 없을 거다. 수면 밑 물살이 강한 곳에서 확실히 나를 구해 줄 사람이 아무도 없는 곳에서는 절대 수영하지 않으니까. 그리고 나는 옷을 다 입은 채로는 물 어디에도 절대 뛰어들지 않는다. 저렇게 내 손을 잡아끌고, 내 옆에서 달리고, 파도 속에서 나를 바짝 끌어당기고, 웃고, 꽉 붙잡는 남자애가 있을지 미심쩍었다.

에멧이 핀에게 말했다.

"노래 정말 좋았어요. 최고였어요."

"고맙다."

핀이 쪼그리고 앉아 기타를 케이스에 넣었다. 핀은 햇빛 때문에 눈을 가늘게 뜨며 에멧을 올려다보았다.

"그런데 조금 어둡지 않을까? 사람들이 기저귀나 냉동 피자를 사러 와서 듣고 싶어 할 노래는 분명 아니지."

에멧이 말했다.

"어둡고 슬픈 게 좋아요. 사람들이 더 좋은 일을 하고 싶게 만들잖아요."

핀은 웃음 짓더니 케이스에 걸쇠를 채웠다. 그러고는 니트 가방을 어깨에 휙 걸친 뒤 내게 손을 내밀었다.

"로빈, 만나서 반가웠다."

핀은 살짝 머리를 끄덕이고는 몸을 돌려 자리를 떴다. 에멧과 나는 서핑 보드 테이블 앞에 앉아 핀이 바위를 기어오르고 사라지는 모습을 바라보았다. 다른 아이들은 모두 바다에 있거나 저쪽 물가에 있었다. 나는 백사장에 가서 아이들이 서 있던 자리에 그대로 떨어뜨린 담배꽁초를 묻었다. 어떤 꽁초에는 아직도 불씨가 남아 있었다.

에멧이 말했다.

"나도 핀 같은 재능이 있으면 좋겠어. 그게 돈보다도 더 좋아. 집보다도, 차보다도, 그 어떤 것보다도. 진짜야. 재능만 있다면, 그 재능으로 뭔가를 할 수 있고 잘할 수 있다면, 나머지 것들은 다 따라오기 마련이거든."

핀의 니트 가방과 셔츠에 나 있던 구멍을 애써 지적하고 싶지는 않았다. 핀이 재능을 지녔다고, 대단한 게 그 앞에 활짝 열린 것 같지는 않다고. 하지만 에멧이 무슨 뜻으로 한 말인지는 이해가 갔다. 나도 그러길 바랐다. 내게도 뭔가 굉장한 재능이 있기를.

내가 물었다.

"이 사람들은 다 어떻게 알았어?"

"주변에서."

사람들이 피하고 싶은 질문을 들었을 때 이런 대답을 한다는 걸 알고 있었다. 엄마 덕분이다. 엄마한테서 이런 식의 대답을 듣기 시작했으니까.

하지만 어째서 에멧이 '내 질문'을 피했을까? 에멧은 뭘 숨기고 있는 걸까?

나는 에멧이 꺼려하지 않을 질문을 하기로 했다.

"버스커가 뭐야?"

"돈을 벌려고 노래하는 사람이야."

"그게 가수 아니야?"

"버스커는 돈을 벌려고 거리에서 노래하는 사람들이야. 또는 슈퍼마켓 앞에서 부르거나. 핀이 거리 공연을 하려는 곳처럼."

"어느 슈퍼마켓?"

"세이프웨이."

우리 집은 세이프웨이에는 발을 끊었다. 식료품은 가게에서 집으로 가져오거나, 난롯가 주류점이나, 유클리드 거리에서 서쪽으로 두 블록 떨어진 그린블랫 식품점에서 다 해결했다. 갑자기 감기약 옆으로 빙과류와 저렴한 플라스틱 장난감이 가득 쌓여 있던 통로가 그리웠다. 내가 열로 벌겋게 달아오른 채 형편없는 장난감을 사 달라고 조르며 엄마랑 그 통로에 있던 뒤로 얼마나 시간이 흘렀는지.

"그분이 가진 재능으로 하는 게 그거야? 푼돈이나 받으려고 세이프웨이 밖에 서 있는 거?"

에멧이 말했다.

"지금이야 그렇지. 세이프웨이는 잠깐 머무는 한 단계야. 핀은 그 푼돈으로 세계 여행을 다녀. 계속 여행할 수 있도록 이곳에서 돈을 모으고 있는 것뿐이야."

그때 바다에서 아이들이 돌아오는 모습이 보였다. 몰리와 몰리를 물속으로 끌어당긴 남자아이가 똑같이 텁수룩한 머리에서 물기를 털었다.

나는 에멧의 가방에서 음식을 꺼내 서핑 보드 위에 펼쳐 놓았지만 허밍은 가방 안에 그대로 둔 채 지퍼를 잠갔다. 처음으로 내 쥐에 대한 남들 시선이 의식되었다.

담배는 멋져 보였다. 입술 피어싱도. 문신도. 바다에서 하는 무방비 수영도.

그럼 애완 쥐는? 그 점에 대해서는 확신이 안 섰다.

아이들은 선 채로 음식을 마시듯이 집어삼켰다. 엄마는 언제나 반드시 앉아서 음식을 먹도록 했다. 냉장고에서 음식을 급히 꺼내 먹는 모습을 들키기라도 하면 엄마는 소리를 질러 댔다. 이러는 통에, 얼굴에 시원한 냉장고 바람을 맞으며 선 채로 몰래 우유 한 곽을 꿀꺽꿀꺽 마시거나 닭고기에서 고기 조각을 떼어 먹는 맛이 내가 아는 가장 군침 도는 맛이었다.

다들 '나중에 봐, 또 보자.'라고 합창을 하며 자리를 떠났다.

"치즈 껍질이네?"

에멧은 껍질을 집어서는 아래로 떨어뜨렸다.

"잠깐, 애피타이저로 이걸 먹을 친구를 알아."

나는 허밍을 풀어 주었다. 허밍은 서핑 보드 테이블을 이쪽저쪽으로 뛰어다니다 치즈 껍질을 발견했다. 어쩌면 허밍이 마음껏 돌아다닐 공간이 필요하다던 에멧의 말이 맞을지도 몰랐다.

우리는 바다를 바라보며 앉아 있었다. 뭔가 엄청난 것 때문에 숨이 멎을 것만 같았다. 바다를 바라보고 있으면 별이 가득한 하늘을 바라보고 있을 때와 똑같은 감정이 느껴졌다. 내가 아주 작아진 듯한 느낌. 수학 문제가 부인할 수 없는 진실을 드러내듯이, 이렇게 무한한 어떤 것을 응시하고 있노라면 내 삶은 보잘것없이 느껴졌다. 그걸 깨닫고 나면, 내가 그저 한 점에 지나지 않는다는 사실을 알고 나면, 내가 지닌 모든 것이 꽤 행운이라는 생각이 들었다.

에멧이 물었다.

"수영할 생각을 하고 있니?"

나는 웃었다. 어떤 말로 설명해야 할지 몰라서 진짜로 무슨 생각을 하고 있었는지 에멧에게 말해 줄 수 없었다. 내가 아는 것이란 에멧 옆에 앉아 있어서 행복하다는 것, 이렇게 끝없는 바다가 아름답게 펼쳐진 바로 이곳에 살고 있어 행복하다는 것뿐이었다.

"그런 생각은 안 했어."

나는 너무 몸을 사리는 듯이 보이기가 싫어서 조심스레 말했다.

"후유. 나도."

"구조 요원이 없어서?"

"아니. 나는 수영을 죽도록 못하거든."

"왜?"

"배울 짬도 없었어."

에멧이 나를 쳐다보았다. 내가 바다를 샅샅이 훑어보던 식으로 내 얼굴을 자세히 보고 있었다.

"네가 가르쳐 줄래?"

누구도 내게 그런 부탁을 해 온 적이 없었고, 내가 가르치는 입장이 되어 본 적도 없었다. 나는 눈길을 돌렸다.

"언젠가, 그럴 수도 있겠지. 그럴게. 하지만 여기서는 말고."

우리는 허밍과 놀았다. 에멧은 허밍에게 되 가져오는 법을 가르쳤다. 허밍한테 그런 기술이 가능하리라고 결코 믿지 않았지만, 허밍은 쥐 조련사 에멧한테서 재빨리 배웠다. 에멧은 다음에는 내가 부르면 허밍이 오도록 가르치겠다고 약속했다.

나는 시계가 없었고 몇 시인지 신경도 쓰지 않았다. 나를 기다리는 사람도 나를 기다리는 그 무엇도 없었다. 그저 해변에서 보내는 또 다른 하루일 뿐이었다.

물론 내가 에멧과 서핑 보드 테이블 앞에 앉아 있는 동안 무슨 일이 일어나고 있었는지 알았더라면, 그길로 집으로 달려갔을 거다. 아니면 애초에 결코 집에서 코빼기도 내밀지 않았거나. 더 바람직하게는 그날 아침에 일하러 가게에 갔을 거다.

하지만 모든 게 마법 같은 생각이 들었다. 그날 벌어진 일을 막기 위해 내가 할 수 있는 일은 아무것도 없었다. 흘러가는 대로 행동한 것 말고는. 그런 임의의 행동이 그 결과로 따라올 모든 임의의 행동에도 영향을 끼친 거다.

정글에서 나비가 펄럭이는 날갯짓에 대한 이론을 알고 있었다. 그 날갯짓 때문에 어떻게 모든 일이 벌어지는지. 하지만 나는 정글에 살지 않았다. 대륙 끄트머리에 있는 캘리포니아 한가운데에 살고 있었다.

나는 나비보다도 더 작았다. 하나의 점이었다.

내가 무엇을 했든 하지 않았든, 벌어진 일들은 나와는 눈곱만큼도 상관이 없었다. 하지만 그때는 그렇게 느끼지 않았다.

18. 중간 지점

에멧은 집까지 나를 데려다 주었다. 아직도 이 길이 에멧이 사는 곳으로 가는 길목인지 반대쪽인지 알지 못했다. 아직도 내가 모르는 게 너무 많았다.

집 가까이 다다랐을 때 현관 계단에 스우지 아줌마가 앉아 있는 모습이 보였다. 흔치 않은 일이라는 생각을 미처 못했다. 그저 아줌마를 보고 대번 웃음이 떠올랐다. 스우지 아줌마는 늘 내 기분을 좋게 해 주는 사람이었으니까.

몇 초 동안 나는 놀랍도록 극과 극이 다른 중간 지점에 머물고 있었다. 스우지 아줌마에게 몇 발자국 더 가기 전, 나는 아직 비밀스런 작은 만과 만화 주인공같이 생긴 남자아이, 마카다미아씨 껍데기를 다시 물어 오는 쥐와 기타 선율에 시가 흐르는 하루에 속해 있었다. 아직 '그토록 끔찍한 하루'는 아니었다.

스우지 아줌마가 소리쳤다.

"티티야!"

아줌마가 내 이름을 부를 때 끝이 날카롭게 올라갔다. '야' 부분이 화재 경보처럼 올라갔다.

스우지 아줌마는 일어서서 가게에서 입는 밤색 앞치마를 반듯하게 폈다. 아줌마는 마음을 가라앉히고 있었다.

스우지 아줌마가 통통한 팔로 나를 감싸 안았다.

"사고가 생겼단다."

아줌마는 나를 놓아주고는, 두 손으로 내 얼굴을 감싸 쥔 채 눈물이 고인 눈으로 나를 바라보았다.

"닉한테 말이야."

이렇게 말하기는 참 끔찍하지만, 어쨌든 그랬다고 말해야겠다. 왜냐하면 사실이니까. 그 뒤로 그런 생각을 한 것에 대해 자책했으니까. 스우지 아줌마한테 그 말을 들은 순간, 나는 이렇게 생각했다. 하느님, 감사합니다, 하고.

엄마가 아니었다. 운명은 내게서 부모님을 모두 거둬 갈 만큼 나쁘게 흐르지 않았다.

하느님, 감사합니다.

스우지 아줌마는 나를 더 꽉 잡았다.

"닉이 베스파를 타고 있었어. 길모퉁이를 돌고 있었는데 속도가 너무 빨랐나 봐. 나도 잘은 몰라. 낡은 쪽 타이어가 터졌대."

스우지 아줌마가 나를 꽉 잡던 손을 놓았을 때 에멧에게 몸을 돌렸다. 바다에서 남자아이가 몰리한테 그랬던 것처럼 에멧을 내게 끌어당기려고. 발밑에서 땅이 사라지기 시작해서 에멧을 꽉 붙잡으려고. 하지만 나는 그러지 않았다. 그러지 못했다. 에멧에게 팔을 뻗으려고 몸을 돌린 순간, 에멧은 가고 없었다.

19. 쪽빛으로 물들던 밤

엄마가 병원에 있는 동안 나는 스우지 아줌마와 집에 있었다.

말할 기분이 아니어서 내 방으로 올라갔다. 나는 창문을 물끄러미 바라보았다. 태양이 지고 있었다. 낮에 해변에서 보낸 일은 한세상 전에 생긴 일 같았다.

동네 거리는 황폐해 보였다. 그때 내 기분이 그랬다. 엄마는 집에 있지 않았다. 에멧은 내가 손을 뻗을 누군가가 필요한 그 순간에 사라졌다. 그리고 닉. 아름다운 닉. 어디로 가고 있었던 걸까? 왜 그리도 서둘렀을까? 닉에게 무슨 일이 일어날까? 의식은 있을까? 아파하고 있을까? 괜찮아질까? 내게서 영영 떠날까?

닉은 괜찮아야만 했다. 닉은 완벽함 그 자체니까.

닉은 영원함 그 자체니까.

나는 균형을 잃지 않을 만큼 최대한 멀리 창문 밖으로 몸을 내밀었다. 아늑한 쪽빛의 밤이었다. 초저녁에서 한밤중으로 넘어가는 중간 지점의 색깔.

나는 스우지 아줌마의 포르쉐가 주차되어 있는 것을 알아차렸다. 차 덮개마저 찌그러진 곳이 있었다. 왜 우리 집 차고에 주차하지 않았는지 궁금해하다가 비로소 엄마 차를 보았다.

나는 아래층으로 내려갔다. 스우지 아줌마가 긴 의자에 앉아 뜨개질을 하고 있었다. 내가 스우지 아줌마를 남겨 둔 그 자리에.

"엄마는 어디 있어요?"

아줌마는 뜨개바늘을 내려놓고 부드럽게 말했다.

"병원에 계신 거 너도 알잖아, 티티야. 내가 그렇다고 말했잖니. 차 한잔 타 줄까? 들장미 열매를 좀 가져왔는데. 마음을 진정시켜 준다더라."

"그럼 엄마 차가 왜 여기 있는데요?"

"아."

스우지 아줌마는 뜨개바늘을 다시 집어 무릎 위에 놓인 갈색과 주황색 실 뭉치로 뜨개질을 하기 시작했다.

"너무 놀라서 운전하실 수가 없었어. 엄마는 다른 차를 타고 병원에 가셨단다."

나는 갑자기 맥이 빠져 스우지 아줌마 옆에 앉았다. 햇볕을 너무 쏘인 모양이었다. 선크림을 발랐어야 했는데.

나는 아줌마가 뜨개질하는 손을 바라보았다. 뜨개질하는 리듬과 바늘이 정확히 구멍으로 들어가는 모습은 거의 잠이 오게 할 정도로 나를 달래 주었다. 두 눈은 뜨고 있었지만 아무것도 보고 있지 않았다. 한 물체를 너무 오래 보고 있으면 초점을 잃고 더는 아무런 것도 보이지 않는 경우처럼.

"그 남자아이에 대해서 말해 줄래?"

나는 자세를 바로잡고 바보처럼 되물었다.

"어떤 남자아이요?"

나는 스우지 아줌마 무릎을 베고 난롯가를 마주 바라보며 긴 의자에 몸을 쭉 뻗고 누웠다. 아줌마는 내게 자리를 더 만들어 주려고 실 뭉치를 옮겼다. 그 자세가 좋았다. 나는 스우지 아줌마든 누구든 바라보고 싶지 않았고, 완전히 녹초가 되어 있었다. 마치 텔레비전에 나온 아이들처럼 차에서 곯아떨어지거나 파티에서 곯아떨어져, 아빠가 품에 안고 침대에 눕혀 주는 아이가 된 기분이었다.

"그 애 이름은 에멧이에요."

"좋은 이름이구나. 멋져."

스우지 아줌마는 내 머리카락을 잡아 손가락으로 쓸어 주었다. 그러고는 가닥을 나눠 천천히 머리를 땋기 시작했다.

스우지 아줌마가 말했다.

"내가 주의를 줘야겠다, 티티야. 네 엄마, 화가 잔뜩 나셨어. 집에 없으면서 어디에 간다는 쪽지도 남기지 않았잖니."

"그래서요?"

"엄마는 제정신이 아니었어. 모든 일에 대해서. 아마 모든 일이 뒤엉킨 거겠지. 일이 정신없이 돌아가면 가끔은 뭔가 하나에 꽂히게 되거든. 너희 엄마는 네가 어디 있느냐에 꽂히신 거고. 나는 걱정하지 말라고, 내가 여기서 널 기다리겠다고 했지. 엄마는 병원에 가셔야 했거든. 하지만 네가 쪽지도 안 남겼다고 계속 소리를 지르시더라."

나는 당장 일어나 그 자리에서 바로 쪽지를 쓸까 생각했다. 엄마가 쪽지에 늘 그렇게 하듯이, 그날 아침 이른 시각을 종이 왼쪽 귀퉁이에 써 두는 거다. 그러고는 엄마가 그 쪽지를 보지 못했다고 엄마 탓으로 돌리면 될 일이었다. 하지만 나쁜 생각이었다. 게다가 그렇게 할 수 있다 해도 이미 늦었다. 스우지 아줌마는 뜨개질을 하듯이 내 머리카락을 땋고 있었고, 나는 잠과 싸우다 지고 말았다.

차 문이 쾅 닫히는 소리에 스우지 아줌마의 무릎에서 화들짝 깼다. 우리는 일어나서 현관문으로 달려갔다. 문을 여니 모퉁이를 돌아가는 은색 자동차의 미등이 언뜻 보였고, 엄마가 천천히 현관 계단을 올라오고 있었다.

엄마는 창백해 보였다. 늙어 보였다. 두 눈은 붉게 충혈되고 부어 있었다.

"닉은 괜찮을 거래요."

순간 나는 유리 미닫이문이 스르륵 열리며 닉이 병원에서 걸어 나오는 모습을 상상했다. 닉이 거리에 줄지어 서 있는 단풍나무 그늘 속에서 뚜벅뚜벅 걸어 나오는 모습을 떠올렸다. 닉이 태양을 올려다보며 웃음 짓는 모습을 떠올렸다. 나쁜 꿈을 떨치려는 듯이 머리를 흔들어 대는 닉을 떠올렸다.

그러나 닉은 그런 모습으로 병원을 나오지 못했다.

닉은 문밖으로 걸어 나올 수 없었다. 오른쪽 다리를 잃었으니까. 하지만 그때는 그 사실을 몰랐다. 엄마는 날이 밝은 뒤에 내게 그 소식을 전하기로 결심했기 때문이다.

나는 닉이 헬멧을 사지 않았더라면 어떻게 되었을지 생각하지 않을 수가 없었다. 베카와 사랑에 빠지지 않았더라면 애초에 헬멧을 사는 일은 없었을 거라고. 그러니 내가 창문 밖으로 풍성한 치마를 입은 베카를 본 그날이 바로 정글에서 나비가 날갯짓을 하던 날이었다. 베카가 닉의 목숨을 구했다. 베카가 천사였다.

베카는 닉과 함께 오토바이에 타고 있지 않았다. 베카는 옷 가게에서 일하고 있었는데, 그 집은 점심시간을 줄 만큼 너그럽지 못했다. 그래서 닉은 혼자 점심을 먹으러 나갔다. 파스타 면을 만드느라 타 볼 시간도 없었던 파도를 바라보기 위해서.

사고가 난 뒤로 베카는 닉 곁에서 1분 1초도 떨어지지 않았다. 그 자리에서 나는 베카와 인사를 나눴고, 베카한테서 닉이 내 얘기를 얼마나 많이 했는지, 닉이 얼마나 나를 아끼는지 들었다.

닉이 나를 아낀다고.

그날 밤 엄마는 현관 계단에서 나를 붙잡고 있었다. 엄마는 내 머리 냄새를 몇 번 깊이 들이켰다. 그러고는 내 걱정을 했다고 속삭였다. 내가 쪽지를 남겨 놓지도 않고 집을 나간 채 사라졌다고. 엄마는 우리가 서로 통하는 줄 알았다고 말했다. 하지만 지금은 입씨름하기에 너무 지쳤으니, 눈 좀 붙인 다음에 더 얘기하자고.

엄마는 자러 갔고, 스우지 아줌마는 집으로 갔다. 몹시 피곤한 뒤였는데도, 잠은 나를 피해 갔다. 내 방 벽지를 물끄러미 바라보면서 언제부터 이 벽지에 흥미를 잃었을까 생각했다. 서커스 코끼리들과 알록달록한 공들은 이제 위안이 되거나 편안한 기분이 들게 해 주지 못했다. 그저 내 삶에 변화가 필요하다는 사실을 일깨워 줄 뿐이었다. 그래, 벽지부터 시작하리라.

나는 몸을 돌려 베개에 얼굴을 묻었다.

에멧은 왜 도망쳤을까? 왜 인사도 안 했을까? 어디로 갔을까? 뭔가 일이 잘못된 걸 눈치채지 못했을까? 나한테 친구가 필요할지도 모른다는 생각은 하지 않았을까? 우정이 무엇인지조차도 모르는 걸까?

그리고 닉. 완벽한 닉과 연두색 베스파. 닉이 나를 태워 주던 날을 떠올렸다. 헬멧도 없이 어떻게 뒤에 올라탔을까. 그때는 닉과 함께 있다는 것보다 닉과 함께 있는 내 모습을 보이는 게 무엇보다도 중요했다. 나는 그때 스쿨버스를 향해 손을 흔들었다. 아무도 나를 보고 있지 않다는 사실을 알고 있었으면서.

나를 신경 쓰는 사람은 아무도 없었다.

20. 끝내다

그다음 며칠 동안 스우지 아줌마가 가게를 운영했고 나는 옆에서 도왔다. 닉의 수술에 대해 새로운 소식을 기다리며 병원에 앉아 있기보다는 그 편이 나았다. 나는 파스타를 만드는 데 최선을 다했다. 닉이 가르쳐 준 모든 비법을 죄다 끄집어냈다. 닉의 수업을 다시 재생했다. 그의 모습, 웃음, 밀가루로 분화구를 만들고 그 안에 달걀을 넣던 방식, 파스타 기계에서 나온 것을 잡고 크기에 맞춰 자르기 전에 단단함과 폭을 확인하던 방식. 내가 만든 파스타는 모양은 그럴듯했지만, 닉이 만든 것보다 맛없을 게 뻔했다.

엄마는 밤마다 병원에서 돌아오는 길에 장을 봐서 저녁을 만들어 주었다. 우리는 그다지 말을 많이 하지 않았다. 엄마는 피곤해했고, 나는 자세한 사항을 알고 싶지 않았다. 닉의 다리에 대한 생각도 견딜 수가 없었다. 잃어버린 다리는 어떻게 처리할까? 삶을 다 끝낸 한쪽 다리는 어디로 갈까?

다행히 엄마도 그다지 말하고 싶어 하지 않아서, 우리는 엄마가 좋아하는 구슬픈 아일랜드 포크송을 배경 삼아 묵묵히 밥을 먹었다.

밤이면 내 방에서 허밍을 무릎에 올려놓고 아빠의 공책을 다시 읽었다. 줄줄 외우고 있었지만, 그래도 공책 어딘가에서 새로운 목록을 찾길 바랐다. 모든 게 슬슬 사라져 버린다고 느껴질 때 감정을 억누르는 방법 혹은 더 단단히 버티는 방법에 대한 목록을.

나는 벽지를 떼어 내는 작업을 시작했다. 내가 뭘 하려는 건지 엄마가 보지 못하도록 화장대나 침대 머리 판 뒤쪽만 천천히 벽지를 벗겨 냈다.

그리고 밤에 내 방에 혼자 있는 동안, 나 자신의 목록을 적기 시작했다.

갑자기 또렷이 알게 된 사실들에 대한 목록 : 엄마가 누군가와 사귀고 있다.

은색 차를 모는 남자가 누가 됐든 엄마가 운전을 하지 못할 정도로 충격받았을 때 엄마를 태워 줄 만큼 가까운 사이였다. 사랑하는 누군가가 아니고서야 사랑받는 누군가가 아니고서야, 누가 그렇게 해 주겠는가?

'나는 에멧 크레인을 모른다.'

아니면 적어도, 에멧은 자신이 주장하는 그런 사람이 아니었다. 자신에 대해서 뭘 많이 주장하지도 않았지만. 에멧이 내가 아는, 내가 생각하는 그런 남자아이였다면 다시 돌아와 내가 어떤지 살펴봤을 거다. 시간이 마냥 흐르게 놔두는 아이가 아니었을 거다.

치즈 가게라는 갈 곳이 생기기 전에, 학교가 끝나고 외로운 오후에 텔레비전을 실컷 봐서 잘 알고 있었다. 거짓말을 하는 남자애들이 있음을, 여자애들한테 정확히 어떤 표정으로 어떤 말을 해야 할지 아는 남자애들이 있음을. 어떻게 하면 여자애들이 분에 넘치도록 황홀함을 느끼게 할 수 있는지 아는 남자애들이 있음을.

그래서 나는 끝냈다.

에멧과 끝냈다. 에멧을 만나면서 느낀 감정을 끝냈다. 두근거리던 설렘을 끝냈다.

21. 가게 종소리

그다음 주는 평범한 나날이 새로운 형태의 느낌으로 시작됐다. 엄마는 가게로 돌아왔다. 스우지 아줌마는 닉을 대신할 사람을 찾았다.

스우지 아줌마가 말했다.

"당분간만이야. 닉이 자기 다리로 다시 돌아올 때까지."

서로 농담을 나누기에는 너무 이른 시기였기 때문인지, 아니면 그 여자가 닉이 아니었기 때문인지, 어쨌든 닉이 하던 일 대부분을 쉽게 넘겨받았음에도 불구하고, 나는 첫눈에 그 여자가 미웠다.

그 여자 이름은 베로니카였다. 목소리 톤이 높고 키가 컸다. 짧고 까만 단발에 짧은 앞머리를 하고 끊임없이 말을 속삭여 댔다. 내가 베로니카에게 무례하게 군 것을 정당화하기 위해서 베로니카가 비열하거나 차가웠다고, 또는 최소한 그저 그런 여자였다고 말하고 싶지만, 베로니카는 몹시도 상냥했고 음식도 잘 만들었다. 뉴욕에서 주방장으로 일하는 부모님을 두었는데, 캘리포니아 중심 해안이 풍요롭다는 이유로 이곳에 오게 되었다고 했다. 한번은 엄마가 대략 국내 음식의 재료 중 5분의 1이 이곳에서 재배된다고 말한 적이 있었는데 나는 그 말을 전혀 믿지 않았다. 내가 사는 곳이 나머지 세상에 중요할 게 하나도 없다는 생각으로 푹 젖어 있었기 때문이다.

닉은 아직 병원에 있었다. 그곳에서 물리치료사 팀한테 치료를 받으며 몇 주를 더 머물 터였다.

어느 날 오후, 나는 달걀 링귀니 한 접시와 가장 기본적인 파스타 면을 가지고 병원에 갔다. 닉이 먹을 수 있으리라 생각해서가 아니라 내 솜씨가 어떤지 닉이 봐 주길 원했기 때문이다. 닉이 없는 사이 내가 뭘 하고 있었는지 보여 주려고. 닉을 기리기 위해 내가 어떤 선택을 했는지를.

내가 들어가자 베카가 자리에서 일어섰다. 베카는 닉 옆자리로, 자신이 거의 자리를 비우지 않는 의자에 앉으라고 말했지만, 나는 창문으로 걸어가 창틀에 걸터앉았다.

베카가 말했다.

"난 커피 한잔 마시고 올게. 뭐 갖다 줄까?"

나는 라떼를 부탁할까 하다가 됐다는 뜻으로 머리를 가로저었다.

"자기는 뭐 갖다 줄까?"

닉이 베카를 보고 조금은 슬프게 웃었다.

"내 오른쪽 다리?"

베카가 닉의 볼에 손을 댔다.

"크림하고 설탕도?"

베카가 닉의 이마에 입을 맞추자 닉이 눈을 감았다. 닉은 베카가 병실에서 나가는 모습을 바라보았다.

닉의 엄마는 아르헨티나에서 오겠다고 했지만, 닉이 괜찮다고 해서 결국 오지 않았다. 이해가 가지 않았다. 어떤 엄마가 자기 아들이 다리를 잃었는데 보러 오지 않는단 말인가?

나는 닉에게 달걀 링귀니를 건넸다. 닉은 한 가닥을 잡아 홱 당기고는 빛 속에 높이 들어 올렸다. 익히지 않은 파스타는 찰흙 같은 맛이 나지만, 그래도 닉은 아주 조금 베어 먹었다.

"이리 와 봐."

닉이 거리를 두고 창문에 앉은 내게 손짓을 했다. 바깥 경치랄 게 없었다. 나는 무엇보다도 닉이 병원 침대에서 바다를 바라볼 수 있기를 바랐다. 닉이 그토록 사랑하던 파도를.

닉은 내 손목을 잡고 더 가까이 끌어당기더니, 어정쩡하게 안아 주는 듯하다가 장난처럼 주먹으로 가볍게 쳤다.

"이보다 더 잘 만들지는 마, 꼬맹아. 내가 일자리를 잃겠어."

닉은 다리를 잃었다. 그래서 어쩐지 닉이 다르게 보일 거라고, 다르게 행동할 거라고 생각했는데, 닉은 여전히 모두 내가 아는 닉 그대로였다.

"정말 마음이 아파."

나는 침을 꿀꺽 삼켰다.

"닉한테 이런 일이 생겨서 정말정말 마음이 아파."

"이거?"

닉은 하늘색 병원 이불을 들어 올려 그 아래를 힐끔 쳐다봤다. 그러고는 한숨을 쉬었다.

"적어도 아직 튼튼한 다리 하나는 있잖아."

어째서 닉이 지닌 회복력에 새삼 놀라고 있는지 모르겠다. 닉은 원래 흔들리는 법이 없었는데 말이다. 그 무엇도 닉의 세계를 덜컹거리게 할 수 없었다. 위생 검사를 받던 그날처럼, 닉은 언제나 무엇이든 고칠 수 있다는 시선으로 바라보았다.

사람들은 언젠가, 직접 꺼내 보기 전까지는 자신이 지녔는지도 모르게 비축되어 있는 힘에 대해 말하곤 한다. 그런 힘이 내게는 얼마나 있는지 조금 살펴보았는데 그 어디에도 들어 있지 않았다. 나라면 닉이 겪은 그런 사고에서 결코 회복할 수 없을 거다. 또는 키워야 할 어린아이가 있는데 남편을 잃은 일에 대해서도.

나는 에멧이 내 뒤로 사라진 일조차 잊어버릴 수 없을 것 같았다. 닉이 병원에 있는 마당에, 엄마가 나한테 중요한 비밀을 숨기고 있는 마당에, 그런 일 따위는 이 세상에서 중요하지 않다고 스스로에게 말해 봤다. 하지만 실망감이 가슴속 어딘가에 모래가 가득 찬 풍선처럼 자리 잡았다. 깊이 숨을 들이쉴 때마다 그게 느껴졌다.

그래서 나는 깊이 숨을 쉬지 않으려 했다. 깊이 한숨을 내쉬는 것도. 하루가 끝나 갈 때 자리에 앉아 있지도 않고, 긴 의자에 다리를 올려놓지도 않았다. 밤이면 늦게까지 자지도 않고 관심도 없는 텔레비전을 봤다.

에멧은 중요하지 않다고, 그 여름도 끝날 테고, 내 친구들도 영국에서 돌아올 테고, 나는 8학년이 되고, 닉은 휠체어를 타고 가게로 돌아와 파스타 기계 앞에서 일할 거라고. 장사도 더 잘되고, 엄마는 일 때문에 걱정하지 않을 거라고, 또는 밤에 어디를 가는지 거짓말하지 않을 거라고 거의 확신한 바로 그 순간, 에멧이 돌아왔다.

에멧은 골목에 쪽지를 남겨 두지 않았다.

우리 집에 아무도 없으리라는 걸 알고 우리 집에 모습을 나타내지도 않았다.

치즈 가게 종소리가 에멧이 문을 열고 들어올 때 딸랑딸랑 울렸다.

22. 누구를 좀 만나러

베로니카가 속삭이는 목소리로 에멧을 맞이했다.

"뭘 도와 드릴까요?"

에멧은 파스타 코너에 앉아 있는 나를 보지 못했다. 베로니카는 내게 자리를 넘기고 계산대에서 일하고 있었다.

"네, 저는……."

에멧은 고개를 돌렸고, 우리 둘의 시선은 그대로 고정되었다.

"……누구를 좀 만나러 왔어요."

나는 그릇에 달걀 섞는 일로 돌아갔다. 달걀을 몇 개까지 깼는지 잊어 먹어서, 반대로 깨 놓은 달걀노른자를 세어 보았다.

에멧이 말했다.

"안녕."

"안녕."

나는 에멧을 쳐다보지도 않았다.

'노른자 여섯 개. 이제 일곱 개째.'

"잠깐 시간 낼 수 있어?"

"아니."

"잠깐도 안 될까?"

"일하는 중이야."

"기다릴게."

"바빠."

"로빈."

나는 고개를 들었다. 어쩐지 에멧이 나를 그렇게 부르는 걸 아무도 못 들은 게 중요하게 느껴졌다.

"미안해."

그때 엄마가 뒤쪽 사무실에서 나왔다. 엄마가 우리 쪽으로 걸어오기 시작했고, 나는 에멧의 얼굴을 보고, 그리고 에멧이 몸을 살짝 움찔하는 것을 보고, 그애가 도망치고 싶어 한다고 생각했다. 하지만 에멧은 그 자리에 서 있었고 엄마와 악수했다.

엄마가 말했다.

"나는 리지야. 드루의 엄마지."

"저는 에멧입니다. 친구예요."

"그렇구나."

엄마는 에멧의 얼굴을 찬찬히 살펴보았다.

"드루가 그러는데 네가 우리 집 치즈의 열렬한 팬이라고 하더구나."

에멧의 볼이 확 붉어졌다. 나는 에멧의 마음속에 발을 들여 보았다. 잠깐 동안 에멧이 되어 보았다. 그러고는 무엇 때문에 에멧이 얼굴을 붉혔는지 이해했다. 치즈와 하루 지난 음식을 골목에 내어놓으면 에멧이 가져간다는 사실을 엄마한테 말했다고 생각한 거다. 내가 자기를 배신했다고.

'난 절대 그러지 않았어.'

나는 에멧의 시선을 붙잡았다.

'절대로 아니야.'

나는 눈길로 에멧에게 말하려고 애썼다.

'결코 너를 배신하지 않았어.'

엄마는 에멧에게 팔을 둘렀다. 나한테 하듯이, 몇 년 동안 내가 집으로 데려온 몇 안 되는 친구들에게 했듯이.

엄마가 말했다.

"자, 새 치즈를 먹어 보렴. 오늘 아침에 막 들어왔어."

엄마는 에멧을 진열장으로 데려가 치즈를 고른 뒤 베로니카에게 건네며 잘라 달라고 했다. 파스타 만들기가 이미 한참 진행된 터라 이대로 손을 놓고 있다가는 통째로 망칠 판이었다. 그래도 나는 내내 쳐다보고 있었다. 그리고 에멧이 엄마한테서 편안하게 치즈를 받고 엄마한테 웃음을 돌려주는 걸 보았다. 내가 자신의 비밀을 말했을지도 모른다는 걱정이 모두 사라졌음을 알았다.

어쨌든 나를 배신한 건 에멧이었다. 나한테 친구가 필요하던 순간에 사라졌으니까. 에멧이 알았든 몰랐든, 바로 그 순간 에멧은 내게 유일한 진짜 친구였는데.

그런데 나를 두고 떠나다니.

엄마는 사무실로 돌아갔고 에멧은 파스타 코너로 왔다.

"잠깐 시간 좀 내 줄래?"

나는 파스타 기계를 켜고 혼합 재료를 아무렇게나 집어넣었다.

"아니."

"그렇게 말할 줄 알았어."

에멧은 무릎에 구멍 난 바지 주머니에 손을 찔러 넣었다.

"널 탓하지는 않아."

에멧은 종이 뭉치를 꺼내더니 손가락으로 잡고 모양을 바로잡으며 주름을 폈다. 그러고는 마지막으로 몇 번 작게 접어서 내 옆쪽 카운터에 올려놓았다. 종이학이었다.

"잘 있어."

나는 쳐다보지도 않고 아무런 말도 하지 않았다. 그저 에멧의 등 뒤로 종소리가 울리기를 기다렸다.

왠지 일하는 중에 엄마나 스우지 아줌마나 베로니카가 볼지도 모르는 곳에서는 에멧이 남긴 쪽지를 읽고 싶지 않았다. 그래서 나는 기다렸다.

기다리기를 잘했다. 그날 밤 집에 와서 내 방으로 올라가 방문을 닫고 종이학을 펼쳐 에멧이 쓴 걸 읽은 순간, 눈물이 쏟아지기 시작했기 때문이다.

23. 종이학에 쓰여 있던 내용

네 친구가 되고 싶어. 그런데 방법을 몰라서 두려워.

24. 나와 같은 사람

나는 울었다.

또 울었다.

혼란스럽고 당황스러웠다. 에멧이 쓴 쪽지와 쪽지에 담긴 의미 때문만이 아니라, 허리케인 같은 감정이 마음속을 온통 휘저었기 때문이다. 나는 닉과 종잇장처럼 납작해져 있던 병원 이불 때문에 울었다. 카드 한 벌 개수와도 같은 삶처럼, 1년이 52주인 것처럼, 52장짜리 아빠의 공책 때문에 울었다. 엄마와 기다란 계산서 같은 엄마의 걱정거리 때문에 울었다. 내게서 엄마를 태우고 떠나는 은색 차 때문에 울었다.

나는 에멧의 쪽지를 폈다가 다시 접었다. 그냥 종이만 접었다 폈다 한 게 아니라, 그 애가 쓴 단어들도 접었다 폈다 하며 단어들 모양을 다시 만들면서 그 뜻을 이해하려고 애썼다. 에멧의 '본심'을 찾으며.

내가 모든 사람을 너무 어렵게 만들어서 내 친구가 되는 방법을 몰라 두렵다는 뜻인가? 나는 내 친구 목록을 보았다. 스테파니아 알레시오, 아론 핑클스타인, 앨리슨 사무엘, 조지아, 베아트리스, 제니스. 어느 모로 봐도 한심한 목록이다. 열네 살에 여섯 명뿐이라니.

아니면 자신이 친구 문제로 힘든 시기를 보내고 있다는 뜻인가? 그렇다면 재스퍼, 크리스티안, 몰리, 데어더는 어떻게 설명해야 할까? 또 핀은? 에멧한테는 친구들이 있었다. 더 나이 많은 친구들이. 닉과 스우지 아줌마가 내 친구이듯이 에멧한테도 친구들이 있었다.

나는 화장실로 가서 세수를 하고, 두 눈에 차가운 천을 댔다. 거울 속 퉁퉁 부은 내 모습을 바라보았다.

'네 친구가 되고 싶어. 그런데 방법을 몰라서 두려워.'

그것과 똑같은 쪽지를 내가 쓸 수도 있었다.

나와 똑같은 사람을 만난 거다. 이렇게 마침내. 나와 꼭 같은 누군가를. 그리고 그 애를 떠나게 만들었다. 말 그대로, 딸랑딸랑 종소리만 남긴 채.

나는 방으로 돌아와 시계를 쳐다보았다. 11시 30분.

벽장에 반사면이 부착된 조끼가 가득 차 있어도 그 시간에 집을 나갈 수 없다는 건 잘 알고 있었다. 나갈 수 있다 해도, 그런 용기를 발휘한다 해도, 그런 시간에 어디를 가야 에멧을 만날 수 있을지 전혀 몰랐다.

그래서 나는 잠자리에 들었다. 그리고 목록을 꿈꿔 보았다. 에멧을 찾았을 때 건넬 모든 말의 목록을. 에멧을 첫 번째 진짜 친구로 만들 모든 방법의 목록을.

25. 너무도 절실하게

나는 아침 일찍 일어났다. 엄마는 아직 집에 있었다. 아침 식사를 한 식탁에 장부를 펴 놓고 수표를 쓰고 있었다.

엄마가 물었다.

"엄마가 헛것을 보고 있나? 정말 너 맞니? 우리 딸이야? 점심시간 전에 일어났네?"

엄마는 자기가 마실 커피 한 잔을 더 따랐다.

"안녕히 주무셨어요?"

"응, 그래."

나는 자리에 앉아 엄마의 토스트에 손을 뻗었고, 엄마는 내 손을 찰싹 때렸다.

"오늘 하루는 쉴게요."

"정말?"

엄마는 장부에서 눈을 떼지 않고 커피를 한 모금 마셨다.

"그러기에는 시기가 좋지 않은 것 같아서 그래. 닉은 자리에 없고 베로니카는 아직도 요령을 익히는 중이잖아. 얻을 수만 있다면 도움이란 도움은 죄다 필요해."

망설여졌다. 엄마는 마침내 내 도움이 필요하다는 것을 인정하면서도 어차피 내가 딱히 할 일도 없으리라 지레짐작하는 태도였다.

"미안해요, 엄마. 오늘은 해야 할 일이 있어요."

엄마는 펜을 내려놓고 장부를 덮었다. 그러고는 피곤한 눈으로 나를 빤히 바라보았다.

"그렇게 절실한 일이 뭐가 있을까?"

"왜 모든 일이 절실해야 해요? 그냥 오늘은 일하러 못 가요. 따로 할 일이 있어요."

"어떤 일?"

"어떤 일이요."

"그런 식으로는 어림없어, 드루. 네가 어디 갈 건지 엄마는 알아야겠어."

이건 닉이 사고를 당하던 끔찍한 날 밤에 남겨 둔 잔해였다. 엄마는 내가 집에 있지도 않고 어디 간다고 말하지도 않은 일에 아직도 화가 잔뜩 나 있었다. 그리고 나는 엄마가 누군가에게, 무언가에게 화를 내야만 하기 때문에 화가 나 있다는 것도 알고 있었다. 닉이 베스파를 타고 길에서 벗어나 나무를 들이받았다는 이유로 언제까지고 나무한테 화를 낼 수는 없는 노릇이었다.

"이건 '제 일'이에요."

"아니, 드루. 너만의 일은 없어. 네가 어디 가는지 알아야겠다."

"엄마도 '엄마만의 일'이 있잖아요. 치즈 가게 일 말고요."

"무슨 말인지 알아. 그런데 네 말투가 마음에 들지 않는구나."

나는 숨을 죽이고 다섯까지 셌다. 그렇게 해 보기는 처음이었고, 이어서 열까지 셌다. 그러고도 무슨 말을 해야 할지 몰랐다.

진실만이 능사가 아니었다. 진실이 뭔지도 몰랐으니까. 에멧을 찾으려면 어디로 가야 할지도 몰랐지만, 그보다도 왜 에멧이 이 세상에서 가장 중요하게 느껴지는지, 왜 에멧이 그토록 '절실하게' 느껴지는지, 그 이유가 무엇일지에 대해 가장 물어보고 싶지 않은 사람이 왜 엄마인지 알 수가 없었다.

우리 사이에, 엄마와 나 사이에 벽이 생기고 있었다.

엄마가 내 손을 잡았다.

"있잖아, 티티야, 네가 이야기하고 싶은 게 내……."

"아뇨."

나는 쏘아붙였다. 엄마의 삶에 대해서, 은색 차에 대해서 듣고 싶지 않았다. 어떤 것에 대해서든 알고 싶지 않았다. 그냥 엄마가 나 혼자 내버려 두기를 바랐다.

엄마는 놀라서 방어하듯 두 손을 들었다.

"오늘 뭐 할지 잘 모르겠어요. 제가 아는 건 그저 가게에 있고 싶지 않다는 거예요. 내게도 삶이라는 게 있어요. 치즈 팔기와는 전혀 상관없는 나만의 삶 말이에요."

"그것 참 멋지구나."

엄마는 빈정대는 법이 거의 없어서 엄마가 그러면 마음이 쓰렸다.

"아니, 사실은, 그저 기막힐 따름이야."

엄마는 자리에서 일어나 접시들을 개수대에 넣었다.

"너도 어쩔 수 없이 십 대들이 하는 헛소리를 엄마한테 쏟아붓기 시작한 것 같구나."

"뭐가 됐든지요, 엄마, 저에 대한 불평은 엄마 남자 친구한테 가서 하세요."

엄마는 멈칫하더니 몸을 홱 돌리고, 지난밤 방에서 내가 느꼈던 그런 당혹감으로 나를 바라보았다. 그러더니 요가를 할 때처럼 코로 깊은 숨을 내쉬고는 부엌을 걸어 나가서 현관문을 나가 등 뒤로 문을 쾅 닫았다. 다섯까지 세지도 않고.

내가 엄마한테 소리쳤다.

"이 접시들은 누구더러 치우라는 거예요? 우리 집에 청소 담당은 따로 없는 걸로 지난번에 합의했잖아요!"

26. 나를 본 적이 있나요?

날씨가 흐렸지만 작은 만부터 시작했다. 최대한 멀리까지 자전거를 몰고 가 전신주에 자전거를 기대어 놓고 바위 있는 곳까지 해변을 달려 바위를 타고 내려갔다. 그곳은 텅 비어 있었다. 나는 서핑 보드 테이블까지 걸어가서 손으로 위아래를 쓸어 담배꽁초들을 모래 속에 넣고 덮었다.

그런 다음 카프리 도로를 달려 가필드 공원 오솔길 초입에 다다랐다. 덤불은 조금 깎여 있었다. 마침내 소방대원이 머치닉 할머니한테 두 손을 든 건지 궁금했다. 언덕까지 걸어 올라갈 생각이었는데, 갑자기 나 혼자라는 점이 걱정되었다. 화재 위험은 그렇다 쳐도 뱀들이 나올지도 모른다는 문제가 남아 있었다.

어쨌든 계속 가 보기로 결심했는데, 몇 걸음 가다가 또 다른 생각이 떠올랐다. 나는 발걸음을 돌렸고, 자전거에 올라타 최대한 빨리 반대 방향으로 페달을 밟았다. 발걸이에서 발을 뗀 채 언덕을 쭉 내려갔고, 유클리드 거리를 가로지르고, 도서관과 초등학교와 주유소를 지나쳤다. 병원도 지나쳤다. 닉의 병실을 찾아 닉에게 손을 흔들어 주고, 닉한테서 힘을 얻었으면 하는 바람으로 위를 올려다보았지만 닉의 병실 창문에서는 그저 옆 건물만 보인다는 사실을 잘 알고 있었다. 어쩌면 아무 경치도 안 보이는 게 차라리 잘된 일일지도 몰랐다. 창밖으로 사람들이 걷거나 뛰거나 힘차게 자전거를 밟고 가는 모습을 보는 게 아무런 도움이 안 될 테니까.

나는 세이프웨이 슈퍼마켓 주차장에 다다를 때까지 자전거를 몰았다. 차들이 주차장에 어찌나 가득 찼던지, 무시무시한 핵전쟁이 닥쳤나 하는 생각이 들 정도였다.

'손님들이 죄다 가는 곳이 여기구나. 저녁거리를 사 가는 곳이 여기야.'

나는 받침대에 자전거를 놓고 손잡이에 안전 모자를 걸었다. 안전 예방 조치는 수없이 신경 쓰면서도 자전거 자물쇠는 채우는 법이 없었다. 누구든 내 자전거를 훔쳐 가지 않으리라, 사람들의 인간성을 믿었기 때문이다. 내 자전거가 그다지 비싼 게 아니라는 슬픈 진실도.

어느 쪽 입구에도 핀이 보이지 않아서 나는 건물 안으로 들어갔다. 핀이 채소와 번들번들한 과일 옆에서 노래하지 않으리라는 건 알고 있었지만, 그냥 쭉 매장을 가로질러 가고 싶었다. 이 잡듯이 샅샅이 뒤지고 싶었다.

나는 통로를 헤매고 다녔다. 그러다 파스타 코너에 다다랐는데, 거기서 들어 보지도 못한 온갖 종류의 파스타를 보았다. 당연히 모두 건조되어 있었다. 건조된 것과 직접 만든 생면의 차이를 모르는 바는 아니었지만, 선택의 폭이 넓고 값도 우리 가게에서 파는 것보다 훨씬 싸다 보니 주차장에 차가 가득 찬 것도 당연했다. 엄마가 밤잠을 설치는 것도 당연했다.

나는 스트링 치즈(스트링 치즈는 모차렐라 치즈로 만든 것으로, 가래떡처럼 생겨서 세로로 찢으면 쭉쭉 잘 찢어진다. — 옮긴이)를 샀다. 아이러니하게도 세이프웨이에 있는 하고 많은 음식 중에 하필이면, 우리 가게에서 훨씬 좋은 품질의 것을, 그것도 거저 얻을 수 있는 치즈를 골랐다.

사실 스트링 치즈는 우리 가게에서 취급하지 않았다. 스트링 치즈는 지나치게 가공된 미국의 값싼 발명품으로, 지역 낙농업체에서는 수입하거나 구매할 수 없는 품목이었다. 그런데 맛은 또 좋아서, 내가 좋은 치즈에 대해 알기 전 꼬마였을 때 정문 두 곳이 모두 보이는 주차장 끄트머리 연석에 앉아 여섯 조각을 모두 해치우던 시절을 떠올리게 했다.

핀은 1시 반쯤 도착했다. 나는 주차장에 있는 차를 세고, 그중에 은색 차가 몇 퍼센트나 되는지 헤아리며 지루함과 싸우던 중이라 핀이 어느 방향에서 나타났는지는 알아차리지 못했다.

내가 핀을 봤을 즈음, 핀은 쇼핑 카트 거치대에 기대서서 기타를 조율하고 있었다. 모직 털모자는 잔돈을 받기 위해 핀 앞에 놓여 있었다.

나를 소개할 준비를 하며 걸어갔는데, 핀이 말했다.

"안녕, 로빈."

나는 최대한 우연이라는 듯이 말했다.

"안녕하세요?"

"이렇게 화창한 여름날 세이프웨이에는 어쩐 일이니?"

나는 포장지를 들어 올렸다.

"스트링 치즈를 사려고요."

"아, 줄로 된 치즈라."

핀은 기타로 몇 음 튕겨 보더니, 두 눈을 감고 노래하기 시작했다.

"나는 갈웨이에서 도버까지 온 세계를 찾아다녔네.
그리고 수많은 일에 기뻐했지.
사랑의 손길에, 여름날의 따스한 바람결에,
하지만 아무것도 없었지, 그만 한 것은, 그만 한 것은……."

핀은 목소리를 떨면서 길게 끌더니 두 눈을 번쩍 뜨고 두 배는 빠른 박자로, 이렇게 마무리했다.

"……줄로 된 치즈가 주는 기쁨만 한 것은!"

박수를 치자 핀이 고개를 숙여 인사했다.
나는 바보같이 물었다.
"지금 막 지은 거예요?"
"아니, 스트링 치즈에 대한 유명한 아일랜드 노래야. 우리 아빠한테서 배웠어. 우리 아빠는 아빠의 아빠한테서 배웠대."
핀이 웃음 지었다. 농담으로 하는 소리가 아님을 알 수 있었다.
"그렇게 계속 거슬러 올라가지."
"스트링 치즈 지킴이네요. 세이프웨이에서 스트링 치즈 세일을 할 때 무슨 일이든 한자리 차지하셔야겠어요."

"좋은 생각인걸. 내 매니저한테 말해 볼게."

어색한 침묵이 흘렀다.

"궁금한 게 있는데요."

나는 내 발치를 쳐다보았다.

"어디 가면 에멧을 만날 수 있는지 알고 계세요?"

핀이 나를 찬찬히 살펴보았다. 내게 그다지 중요한 질문이 아니라는 듯 아무리 훌륭히 연기를 했다 쳐도, 핀은 내가 이곳에 스트링 치즈를 사러 오지 않았음을 알아차린 것 같았다.

내가 덧붙였다.

"에멧이 어디 사는지 몰라서요."

"모르니?"

"네."

"흐음."

핀은 또다시 기타 줄을 튕겼다.

나는 핀이 노래를 새로 시작하지 않기를 바랐다. 더 이상 핀의 장난에 장단 맞출 기분이 아니었다.

"있잖아, 로빈."

핀은 기타 줄을 튕기다가 멈추고 기타를 등 쪽으로 돌렸다. 무지갯빛 기타 끈이 그의 가슴 앞으로 왔다.

"에멧이 말해 주지 않은 사실을 내가 말할 수는 없을 것 같다."

"뭐, 저도 에멧이 아빠랑 같이 아는 분 집 소파 같은 데서 머물고 있는 건 알아요. 둘이서 살 곳을 구하는 동안요. 둘이서 곧 자리를 잡을 거고……."

내가 입 밖으로 크게 내뱉은 말을 내 귀로 듣고 나서야 한 마디도 사실이 아님을 깨달았다.

"……에멧이 그렇다고 말해 줬어요. 원룸을 구하고 있다고요."

핀은 눈도 깜빡이지 않고 나를 빤히 쳐다보았다.

"하지만 전혀 사실이 아니죠."

핀이 몇 번 더 기타 줄을 튕겼다.

내가 에멧을 자세히 살펴보지 않았어도, 에멧에게 뭔가 숨겨진 이야기가 더 있음을 알 수 있었다. 에멧을 치즈 가게 뒷골목으로 이끈 무언가가 있음을.

나는 아빠가 없었지만, 어느 아빠도 버려진 음식을 주워 오라고 자기 아이를 내보낼 리 없다는 걸 안다. 그래도 나는 에멧이나 에멧의 아빠 모두 힘든 시기를 겪고 있는 거라고 생각했다. 그래서 둘이 이곳에 왔다고. 그래서 친구네 소파에 머물고 있다고. 힘든 시기를 겪고 있다고. 누구한테나 힘든 시기였으니까.

그래도, 에멧이 한 이야기는 뭔가 그럴싸하지 않았다.

핀볼 게임 기계에서 나는 팅 소리가 머릿속에 울리며 여러 감정들이 나를 후려쳤다. 팅, 우둔함. 팅, 분노. 팅, 혼돈. 팅팅팅, 슬픔과 미안함.

나는 보도에 주저앉았다. 세이프웨이 바로 앞에. 핀이 무릎을 꿇고 내 옆에 앉았다.

"여기서 한참을 기다리고 있으면 아마 에멧이 나타날 거다. 주로 오후에 불쑥 나타나지."

"잘 모르겠어요. 그냥 갈까 봐요."

"나랑 같이 있어도 괜찮아."

나는 흙바닥을 끄적이다가 핀을 올려다보았다. 핀은 진심이었다. 핀은 내가 같이 있어도 상관하지 않았다. 한번 해 볼 만한 일이었다.

내가 물었다.

"핀은 어때요?"

"나 뭐?"

"핀한테는 어떤 이야기가 있어요?"

"네 이야기를 들려주면 내 이야기를 들려주지."

"저한테는 이야기라고 할 게 없어요. 그저 하라는 대로 하고, 골치 아픈 일은 절대 하지 않는 평범한 아이예요. 어디 가지도 않고 딱히 뭘 많이 하지도 않아요. 아마 가장 한심한 부분일 텐데, 그렇다 해도 전 진짜 신경도 안 써요."

"흠, 분명 그보다 더한 이야기가 있을 텐데."

"그럴지도 모르죠. 저는 하와이에 가고 싶어요."

"해변 때문에?"

"그리고 초코바 때문에요."

핀은 어리둥절한 눈길을 던지더니 곧 어깨를 으쓱했다.

"나는 알래스카로 가는 길이야."

"진짜로요?"

"진짜로."

"우아."

나는 알래스카에 가 본 적이 있다는 사람은 한 번도 못 봤다. 그리고 거기에 왜 가고 싶어 하는지 상상이 안 갔다. 어딜 봐도 눈뿐일 텐데. 얼음집들. 꽁꽁 언 땅. 저 멀리 사라지는 태양. 너무도 암울한 곳일 텐데.

"알래스카에 뭐가 있는데요?"

짙은 어둠뿐인 곳에도 뭔가 눈부신 빛이 있을 터였다. '중요한' 무언가가.

"뭐가 있느냐고? 한 소녀가 있지."

핀은 생각에 잠긴 동안 또다시 아무 음이나 튕겼다.

"그 소녀가 있지."

우리는 쇼핑 카트 옆에 앉아 있었고, 핀은 로렐라이 이야기를 들려주었다. 핀이 더블린에 살 때 로렐라이가 그곳에 수학여행을 와 둘이 만난 일, 단지 며칠 동안 만났을 뿐이었지만 핀이 로렐라이를 사랑한 일, 너무도 사랑해서 로렐라이를 다시 만나러 가는 것만이 오로지 중요한 일이 되어 버린 것을.

누군가가 아직도 우리 앞에 놓여 있던 핀의 모자에 동전 몇 개를 던졌다. 우리 둘은 여느 거지처럼 보였을 게 분명했다.

핀은 로렐라이를 찾기로 맹세했다고 말했다. 그 말은 로렐라이와 헤어질 때 했던 말이었다. 핀은 로렐라이를 다시 만나러 가겠다고 약속했다고 했다.

내가 말했다.

"정리 좀 해 볼게요. 그 뒤로 로렐라이하고 이야기를 나눈 적 있어요?"

"속삭인 적도 없지."

"얼마나 오래전에 일어난 일이에요?"

"지난여름에."

"1년 전이네요."

"응. 알래스카는 더블린에서 먼 곳이야. 아주, 아주, 오래 여행해야 돼.”

“로렐라이가 어디에 사는지 알아요?”

“주노에 살지. 정말 사랑스런 이름이지 않니?”

더 묻고 싶은 질문이 여럿 있었다. 왜 전화하지 않았는지? 로렐라이가 이미 마음을 정리했으면 어떻게 할 건지? 로렐라이가 다른 사람을 사랑하고 있으면 어떻게 할 건지? 핀을 그저 지나간 사람으로 기억하고 있다면, 핀과 달리 온갖 상상의 날개를 접고 이미 흘러가 버린 과거의 사람으로 여기고 있으면 어떻게 할 것인지?

얼마 지나지 않아 해변에서 만난 다른 아이들이 합류했다. 담배를 입에 문 몰리와 크리스티안과 재스퍼였다.

아이들이 다가오자, 핀이 내게 가까이 몸을 기울이고 속삭였다.

“무언가가, 누군가가, 뭐가 됐든 너를 행복하게 해 주는 게 있다면, 대륙도 바다도 텅 빈 지갑도 너를 그것에서 떼어 놓을 수 없지.”

핀은 노래를 부르기 시작했고 우리는 모두 주위에 머물며 노래를 들었다. 몇 번은 몰리가 같이 화음을 맞췄다. 핀의 모자에 동전이 순식간에 가득 차는 것도 당연했다. 핀의 재능은 놀라웠다. 핀의 목소리는 황금 입장표였다. 그가 가고 싶은 곳, 가야 하는 곳에 들어갈 수 있는 입장표.

마침내 내 가방이 때때로 들썩이기 시작했다. 한잠 자고 일어나 원기왕성해진 허밍이 배고파하고 있었다. 허밍에게 줄 치즈를 남겨 놓지 않은 터라 죄책감이 파도처럼 밀려들었다. 그래서 세이프웨이에 쏜살같이 들어가 마카다미아씨 한 봉지를 사 왔다.

모든 걸 태워 버릴 듯이 더운 날이어서, 유제품 코너에 가 더위를 식혔다. 나는 한심한 치즈 품목을 쳐다보았다. 장사는 이곳보다 치즈 가게가 더 잘되어야만 했다. 가공된 치즈 스틱만 한 게 없는 것도 사실이었지만, 누구라도 때로는 질 좋은 수입 체다 치즈를 먹고 싶은 날이 있지 않을까?

내 옆에 있던 여자가 우유 곽을 집었다가 마음을 바꿨다. 여자는 우유 곽을 반대로 돌려서 선반에 내려놓았다. 우유 곽 뒷면에 한 여자아이의 사진이 보였고, 그 밑에 이런 문구가 있었다.

'나를 본 적이 있나요?'

나는 여자애 얼굴을 물끄러미 바라보았다. 그러다 다른 우유 곽을 집어 뒷면을 보았다. 다른 여자아이가 있었다. 더 나이 먹은 아이였는데 11월부터 실종되었다 한다. 또 다른 우유를 집었다. 금발에 이빨이 벌어진 남자아이였다. 나는 우유 곽을 하나하나 돌렸다. 사냥이라도 나온 듯 흥분으로 몸이 달았다. 진열장 깊숙이 팔을 집어넣어 우유 곽을 하나도 빠짐없이 살펴보았다.

에멧을 찾아서.

이상하게도, 알 수 없는 확신이 들었다. 에멧은 행방불명된 아이라고. 에멧은 가출한 아이라고. 모든 일이 갑작스레 완벽히 이해가 갔다.

'나를 본 적 있나요?'

'그래, 난 널 본 적 있어. 넌 행방불명된 아이야.'

나는 진열장에서 마지막 우유 곽을 잡았다. 남자아이였다. 까만 곱슬머리, 친절한 눈빛, 다정한 웃음.

에멧 크레인이 아니었다.

나는 마카다미아씨를 산 뒤에 비틀거리며 햇빛 속으로 나왔다. 친구들과 같이 앉아 마카다미아씨를 손에 놓고 허밍에게 먹였다.

나는 내가 발견한 사실 몇 가지를 이해하려고 애썼다. 에멧을 찾지는 못했지만 그래도 이제는 이해가 갔다. 조심스레 피하던 대답, 갑자기 사라지던 행동, 골목에서 음식을 가져간 일, 사회 부적응자들인 친구 무리들.

에멧 크레인, 가출.

왜? 무엇으로부터?

나는 엄마가 도착한 걸 보지 못했다. 갑자기 엄마가 팔짱을 끼고 나를 노려보면서 그 자리에 서 있었다. 무슨 이유에선지 내가 가장 먼저 한 행동은 허밍을 다시 내 가방에 밀어 넣은 일이었다. 일그러진 엄마 얼굴을 보고 생각한 건 이랬다. 내가 집 밖에서 쥐와 함께 있는 모습을 포착하고 모든 사건들을 연관 지어서 내가 어디든, 심지어 치즈 가게까지도 허밍을 데리고 간 사실을 깨달았다고 생각했다.

물론 지금이야 엄마가 느낀 대로 그때 상황을 바라볼 수 있다. 슈퍼마켓에 갔는데 딸내미가, 줄담배를 피우고 문신을 한 채 돈을 구걸하는 십 대들과 함께 건물 입구에서 어정거리는 모습을 보고 기분이 어땠을지 상상이 간다.

"드루니?"

엄마는 마치 나를 모르는 사람인 듯이 불렀다. 또는 몇 년 만에 보는 사람인 듯이. 자신이 제정신인지 확인하듯이. 자신이 잘못 본 게 아닌지 확인하려는 듯이.

재스퍼가 말했다.

"드루? 드루가 누구야?"

"아, 엄마."

나는 이렇게 말하고, 그곳에서 최대한 빨리 벗어나려고

애쓰며 재빨리 걷기 시작했다.

몰리가 나를 쳐다봤다.

"로빈?"

엄마가 몰리를 쳐다보았다. 모든 사람들 얼굴에 어리둥절한 기색이 떠올랐다. 붉게 달아오른 내 얼굴만 빼고. 거짓말은 들통 났고, 실제보다 훨씬 더 나쁘게 느껴졌다.

내가 말했다.

"그냥 가요. 네? 엄마."

엄마는 몸을 돌려 엄마 차로 재빨리 걸어가기 시작했다. 나는 엄마 뒤를 쫓아가며 핀과 친구들에게 손을 흔들었다. 내게 마주 손을 흔들어 주는 그들의 모습에서 나를 딱하게 여기는 기색이 느껴졌다.

우리는 주차장에 있는 수많은 차 사이를 구불구불 빠져나갔다. 우리 차에 다다르자 엄마가 문손잡이를 잡았다.

엄마가 떨리는 목소리로 말했다.

"저녁에 먹을 스테이크를 사러 왔어."

"그냥 차 문 열어요. 제발요."

"스테이크는 사 와야지."

"고기 안 먹어도 돼요, 엄마. 파스타도 괜찮아. 부탁이에요. 그냥 여기서 나가요."

우리는 차에 탔고 엄마가 시동을 걸었다. 병원을 지날 무렵에서야 엄마가 다시 입을 열었다.

"그 사람들은 누구니?"

나는 닉을 보려고 다시 한 번 병원을 올려다보았다. 마치 닉이 다리가 절단된 채 병원에 갇힌 존재가 아니라 하늘에 사는 존재, 자애로운 신이라도 되듯이. 닉, 닉이라면 어떻게 해야 할지 알 텐데. 닉이라면 에멧을 어떻게 찾을지 알 텐데. 닉이라면 내가 왜 이리도 마음을 쓰는지 알아줄 텐데. 닉이라면 우유 곽에 인쇄된 얼굴들이 무슨 의미인지 설명해 줄 텐데. 닉이라면 엄마에게 무슨 말을 하고, 완벽할 뻔했던 내 여름방학을 기습 공격한 모든 것들에 대해 어떻게 말할지 잘 알 텐데.

닉, 닉은 뭐든 잘 고치니까.

"그 사람들은 제 친구예요."

전부 사실은 아니었다. 그래, 진실이 아닐지라도, 그렇게 말하는 게 좋게 느껴졌다. 중요하게 느껴졌다. 내게 중요하게 느껴졌다.

"담배를 피우던데."

"담배는 스우지 아줌마도 펴요."

"넌 열네 살이야."

"엄마는 왜 언제나 내 나이 얘기를 꺼내요? 내가 몇 살인지 잊기라도 하는 사람처럼? 엄마가 날이면 날마다 알려 주는데 잊을 리 있겠어요?"

엄마가 운전대를 꽉 잡았다.

"어째서 그 사람들이, 네 친구들이 너를 로빈이라고 부르니?"

"로빈이니까요. 그게 내 이름이니까요."

"네 이름은 드루야."

"아니에요, 엄마. 아빠 이름이 드루죠. 아빠는 죽은 사람이고요."

그 순간 나는 울고 싶었다. 울고 싶었지만, 울지 않았다. 이젠 엄마 차 안이 울 수 있을 만큼 안전한 곳으로 느껴지지 않았다. 나는 엄마 차에서 셀 수 없을 만큼 많이 울었다. 수업 끝나고 선생님이 나를 괴롭혔다고 느껴지던 날, 나만 생일잔치에 초대받지 못한 날, 엄마와 함께 본 영화의 슬픈 결말이 한참 뜸 들이다가 뒤늦게 스며들던 날. 하지만 지금은 그저 앉아서 엄마의 침묵을 견뎠다.

나는 감히 엄마 얼굴을 쳐다보지 못했다. 내가 내 이름을 비난했다. 그리고 '죽은 사람'이라는 말을 했다.

우리는 차고 앞 진입로로 들어섰고, 엄마는 시동을 껐다.

엄마는 앞을 똑바로 쳐다보았다.

"대화가 필요한 것 같구나."

"전 할 말 없어요."

그 말도 부족하다는 듯이 덧붙였다.

"적어도 엄마하고 하고픈 말은 아무것도 없어요."

나는 차에서 내려 문을 쾅 닫고 집으로 걸어갔다.

엄마가 차 창문을 내렸다.

"내가 누군가를 만나고 있다고 이러는 거니?"

나는 멈춰 섰지만 뒤를 돌아보지 않았다.

"네가 이러는 이유가 그거야? 엄마가 자유 시간에 감히 너 말고 다른 사람하고 시간을 보낸다고? 너 언제 클래, 드루?"

내가 소리쳤다.

"내가 하고 싶은 게 바로 그거예요. 그런데 엄마가 나를 내버려 두질 않잖아요."

27. 외출 금지

다음 날 아침 부엌 싱크대 위에서 쪽지를 발견했다.

오전 7:54

드루 로빈 솔로,

오늘 이 집에서 나갈 생각은 하지도 마라. 외출 금지야. 네가 원하면 일하러 와도 돼. 하지만 오지 않겠다면 이 집을 나갈 수 없어. 오전 10시에 전화하마. 그리고 네가 집에 있는지 매시 정각에 전화할 거야.

왈가왈부하지 마. 그래야만 하는 일이니까.

엄마가.

'엄마가.'라고 쓴 윗줄의 빈 공간이 나를 노려보고 있었다. 화가 난 살인적인 하얀 공간. '엄청 사랑한다.'는 문구가 없었다. 불쌍한 대로 친척뻘이라도 되는 말, 간단하고 좀 쓸쓸하지만 '사랑하는'이라는 말조차 없었다. 나는 엄마가 진지하다는 것을 알았다. 시계를 힐끔 보니 9시 39분이었다.

샤워할 시간은 있었다. 샤워는 언제나 내가 생각할 수 있게 도와준다. 나는 몸이 벌겋게 될 때까지 발만 빤히 쳐다보며, 몸을 씻는 데 걸리는 시간보다 더 오래도록 물줄기 속에 서 있었다. 하지만 샤워를 마치고 나왔을 때, 오늘이, 내 삶이 어떻게 될지는 전혀 몰랐다.

1분 뒤에 전화가 울렸다.

"저 여기 있어요."

"알았다."

"한 시간 뒤에 받을게요."

나는 전화를 끊었다. 전화가 다시 울렸다.

"전화 먼저 끊지 마."

"얘기 다 끝난 줄 알았어요."

"끝났어."

"그런데요?"

"예의상 끊겠다는 말은 해야지."

"끊을게요, 엄마."

"그래, 티티야."

이번에는 엄마가 먼저 끊게 해 줬다. 나는 아무 데도 안 갈 건데도 옷을 차려입었다. 아무것도 하지 않는 날은 어떻게 옷을 입어야 할까? 딱히 이름을 붙일 수조차 없는 죄를 짓고 세상에서 쫓겨난 유배지에서는?

나는 탱크톱에 엄마의 낡은 요가 바지를 입었다. 허밍의 우리를 깨끗이 치우고 내 방을 치웠다. 이미 외우고 있는 에멧의 구겨진 쪽지들을 꺼내어 침대 옆 서랍에 넣기 전에 한 번 더 읽었다.

전화가 다시 울렸다.

"벌써 한 시간 지났어요?"

"외출 금지 당했을 때는 시간이 날아가지."

"보셨죠? 저 여기 있어요."

"그래, 있구나. 착하다."

"제가 어린애인 듯이 말하지 마세요."

엄마가 한숨을 내쉬었다.

"네가 자라고 있다는 거 알아, 드루. 하지만 그런다고 엄마가 너한테서 눈을 떼는 건 아니라는 사실을 알아주면 좋겠어."

"오싹하게 들리는데요."

"엄마가 하고 싶었던 말은, 엄마가 가게 일에 나 몰라라 하고 있지 않다는 거야. 엄마가 딴 데 정신을 판 건 맞아. 가게를 운영하는 건 모든 일이 잘 굴러갈 때조차 진이 빠지는 일이야. 게다가 요즘엔 잘 굴러가지도 않았잖아. 그리고 맞아, 엄마는 누군가와 사귀고 있어. 설상가상이라 해야겠지. 엄마가 처신을 더 잘해야 했다는 거 알아. 너한테 더 일찍 말했어야 했어. 하지만 이게 너한테 진지하게 말해야 하는 일인지 확신하기 전까지 기다리고 싶었어. 엄마가 뒷짐지고 있다가 일이 엉망이 되었지. 그래도 우리는 잘 헤쳐갈 수 있을 거야. 약속해. 차분히 앉아서 이야기를 나눠 보자. 엄마는 널 잊고 있지 않았어. 드루, 네가 먼저야. 엄마 삶에서 그 어떤 것보다도, 어떤 상황에서도."

"이제 끊어도 돼요?"

"그래, 이제 끊어도 돼. 끊는다, 사랑한다."

"네, 엄마."

나는 계속해서 미친 듯이 청소를 했다. 적어도 엄마 침실에서 지저분한 무더기를 헤치고 방을 샅샅이 뒤지는 행위를 정당화할 수 있는 방법이었다. 책은 방 한가운데에 산처럼 쌓여 내동댕이쳐져 있고, 옷장에서 꺼낸 깨끗한 셔츠들은 바닥에 내던져 있었으니 말이다. 또 머그잔에는 반쯤 마시다 만 커피가 들어 있고. 엄마 침실 한복판에 떨어진 인류학자가 있다면 이 공간에 어떤 생물이 거주하고 있든 주의력 결핍 장애 같은 질병을 앓고 있다고 결론을 내릴 것이다. 나야 예전부터 아는 사실이었다. 엄마는 뭔가 마무리 짓는 일을 힘들어하는 사람이었다. 하지만 엄마가 어떤 사람인지 발견하려고 방을 뒤지고 있던 건 아니었다.

은색 차를 모는 사람이 누구인지 알고 싶었다.

나는 엄마의 침대 옆 서랍 안을 살폈다. 그런 행동이 얼마나 끔찍한 것인지 생각하지 않으려고 애쓰면서. 만약 엄마가 내 침대 옆 서랍을 뒤진다면, 결코 엄마를 용서치 않을 테니까. 엄마를 엄청 사랑하기를 멈출 테니까. 어쨌든 나는 서랍을 천천히 열었다. 그러면 내 죄를 용서받을 것처럼. 하지만 아무것도 찾지 못했다. 접었던 걸 다시 접은 쪽지도 없었다. '내가 최근 사귀고 있는 남자들'이 적힌 공책도 없었다.

다시 전화가 울렸다.

"이제 11시 42분인데요. 전화를 빨리 거셨어요."

"로빈이니?"

나는 수화기를 귀에서 떼고 가만히 쳐다보았다. 그러다가 다시 귀에 댔다.

"여보세요…… 여보세요……?"

목소리가 계속 들리고 있었다.

'나를 본 적이 있나요?'

내 숨소리를 들은 모양이었다. 상대방이 말을 하기 시작했다.

"부탁이야, 전화 끊지 마. 그냥 듣고 있어. 너를 만나러 가고 싶어. 나를 만나 줄래? 지금 고작 몇 블록 떨어진 곳에 있어."

나는 눈을 감고 조그마한 우리 집 주위로 원을 그리며 추적해 보았다. 점점 더, 점점 더, 넓게, 더 넓게 범위를 넓혀 가면서. 공중전화 모습이 떠오를 때까지. 패트릭 오말리네 가게 앞이었다. 그 술집에는 언제나 들어가는 사람도 나오는 사람도 전혀 없어 보였다. 우리 집에서 고작 다섯 블록 떨어진 곳이었다.

"난 외출 금지야."

"내가 갈게."

에멧이 잠시 말을 멈췄다.

"잃어버린 제 가방을 돌려주세요. 마운트 플레전트 드라이브 146번지, 드루 솔로."

나무가 얼마나 오랫동안 살았는지를 보여 주는 나이테처

럼, 내가 머릿속으로 그린 그 많은 원 한가운데에 내가 있었다. 내 작은 집이, 내 작은 삶이.

"좋아."

나는 끊겠다는 인사도 없이 전화를 끊었다.

'너는 길을 잃었지.'

나는 수화기를 내려놓고 전화기를 빤히 쳐다보았다.

'하지만 내가 너를 봤어.'

28. 이건 꿈 얘기가 아니야

12시 정각에, 엄마 전화가 울리는 동시에 에멧이 도착해 문을 두드렸다.

나는 전화를 먼저 받았다.

"지금 전화 못 받아요. 청소하느라 정신없어요."

엄마가 말했다.

"냉장고 잊지 마라."

"끊을게요."

"끊는……."

엄마가 다시 전화를 걸어 상대방이 끊는다는 말을 하는 중간에 전화를 끊는 건 예의가 아니라는 강연을 할까 봐 걱정했지만 전화가 또 오진 않았다. 이렇게 서로 끝인사를 건네는 방법을 익히는 중이었다.

나는 문을 열고 에멧을 보며 서 있었다. 에멧을 들어오게 할지 말지 아직 결정을 내리지 못하고 있었다.

에멧이 말했다.

"로빈."

"알아. 네가 아빠하고 소파에서 지내고 있지 않다는 거 알아. 네가 원룸을 구하고 있지 않다는 거 알아. 그리고 집이 어디였든, 네가 가출했다는 거 알아."

에멧은 주머니에 두 손을 꽂고 한숨을 내쉬었다.

만화 주인공 같은 얼굴에서 묻어나는 슬픔이 내 마음속 저울을 한쪽으로 기울게 했다. 나는 에멧을 들어오게 했다. 에멧은 나를 따라 부엌으로 들어왔고 우리는 조리대에 있는 의자에 앉았다.

에멧이 말했다.

"어디부터 시작해야 할지 모르겠네."

나는 '처음부터 시작하면 어때?'라거나 '진실부터 말하면 어때?'라고 말할까 했지만, 둘 다 내가 즐겨 보는 형편없는 쇼 프로에 나오는 말처럼 상투적으로 느껴졌다.

내가 말했다.

"네 이름부터 시작해 봐. 진짜 이름."

"마이클 에멧 포사이스."

"그럼 크레인은 어디서 따왔니?"

에멧은 주머니에 손을 넣었다 종이학을 꺼내 우리 사이에 놓고는 어깨를 으쓱했다.

"그렇구나."

긴 침묵이 뒤따랐다.

에멧이 말했다.

"거짓말해서 미안해. 있잖아…… 정말 솔직히 밝힐 수가 없었어. 집에서 도망 나왔다고 누구한테든 말할 수 없었어. 혹시 네가 경찰에 신고하면 어떡해? 그러면서 네가 옳은 일을 하고 있다고 생각하면 어떡해? 너는 그럴 것 같은 아이거든, 로빈. 옳은 일을 하길 바라는 사람 말이야."

나는 엄마 침대 옆 서랍을 얼마나 뒤졌는지를 떠올렸다. 아빠의 공책을 어떻게 훔쳤는지도. 허밍이 가면 안 되는 곳을 몰래 얼마나 데리고 다녔는지. 마이클 에멧 포사이스는 대체 뭘 보고 나를 옳은 일을 하길 바라는 사람으로 여겼을까?

내가 말했다.

"너를 뭐라고 불러야 하는지도 모르겠어."

"에멧이라고 불러 줄래?"

"좋아."

"알겠지만, 누구나 이유 없이 집을 나오지는 않아. 나도 나름대로 이유가 있어."

"알겠어. 미안해."

나는 냉장고를 뒤지기 시작했다. 엄마가 농담한 건 아니었다. 정말 깨끗하게 청소해야 할 판이었다. 나는 빵과 살라미, 칠면조, 상추, 머스타드, 마요네즈, 게르킨 오이 피클 단지를 꺼냈다. 나는 뭔가 맛있는 음식이 모든 걸 더 좋게 만든다는 믿음 속에서 자라 왔다.

에멧이 이야기를 시작하는 동안 나는 우리 사이에 먹을거리를 펼쳐 놓았다.

"어렸을 때 꿈을 꾼 적 있니? 그런 거 있잖아, 부드러운 불빛에 너는 네 방 카펫에 앉아서 가장 좋아하는 장난감을 가지고 놀고 있고, 모든 게 그저 완벽한 느낌이 드는 꿈 말이야. 네가 진짜 행복한 듯이."

내 꿈속에서는 사실 나는 기억도 못하는 아빠 무릎에 앉아서 아빠 가슴에 기댄 채 아빠 심장 소리를 듣고 있고, 아빠는 언젠가 우리가 함께 해야 할 일을 적은 긴긴 목록을 줄줄 읊고 있지만, 그래도 에멧이 어떤 뜻으로 하는 말인지 알고 있었기에 고개를 끄덕였다.

"글쎄, 정확히 어디까지가 기억이고 어디까지가 꿈인지 나도 구별이 안 가. 내가 하고 싶은 말은 모든 게 좋았던 시절이 있었다는 거야. 내가 행복했던 시절이. 내가 죄다 지어낸 것인지도 모르지만."

에멧은 살라미 조각을 집어 입에 쏙 넣었다.

"하지만 이건 말할 수 있어. 나한테도 진짜 가족이 있었어. 엄마랑 아빠랑 동생이. 한집에 살면서 뒷마당에서는 오이를 키웠지. 오이 겉에 조그만 게 뾰족뾰족 나 있어서 '야만인 코난(《야만인 코난》은 로버트 하워드가 쓴 판타지 소설이다. – 옮긴이)'처럼 싸움에 나갈 일이 생기면 살인 무기로 쓸 법했지."

에멧이 나를 보고 웃었다.

"비웃지 말아 줘."

나는 생각했다.

'이건 기억이야. 꿈 얘기가 아니야.'

"그리고 동생이 있었어. 동생 이름은 데이비드야. 나랑 방을 같이 썼어. 방이 달랑 두 개여서 달리 선택의 여지가 없었지. 그래도 난 괜찮았어. 혼자 자기 싫어했거든. 동생 침대맡에서 이야기를 들려주곤 했어. 엄마 아빠가 불을 끄고 난 뒤에. 주로 야만인 코난에 대한 얘기였지."

에멧은 샌드위치를 만들기 시작했지만, 중간쯤에서 멈췄다.

"행복했던 시절이었어. 동생이 내 이야기를 들으며 잠든다고 생각했던 때가. 동생이 내가 하는 말을 비롯해 다른 많은 것들을 이해하지 못한다는 사실을 우리 가족이 아직 모를 때였거든."

에멧은 반쯤 만들다 만 샌드위치에서 내게로 시선을 돌렸다.

"데이비드를 탓하는 게 아니야. 어떤 일이 일어났든 동생 잘못이 아니니까. 그런데 오이밭이 딸린 조그만 집에 막 세 들어간 때에, 자동차를 수리하며 사는 아버지는 건강 보험도 없던 때에, 네 살 난 아이가 좀처럼 말을 하지 못하니까 뭔가 이상하다는 걸 깨달은 거야. 상황이 이렇다면 일이 꼬일 수도 있지."

어렸을 때 종종 했던 생각이 떠올랐다. 엄마하고 나만 있어서 얼마나 행운인가 하는. 뜬구름 잡는 생각이었지만, 꿈속에 나올 법한 성 주위로 해자를 파는 생각 같은.

하지만 뜬금없는 생각은 아니었나 보다. 뜬구름 잡는 생각이 사실이 될 수도 있다.

"데이비드한테 생긴 문제는 해결하기 참 힘들었어. 데이비드가 클수록 문제가 더 심각해지는 듯했어. 이야기를 들려줘도 데이비드가 잠들도록 달래 주지 못했지. 데이비드를 진정시킬 방법이 거의 없었어. 거의, 동물들하고 같이 있을 때 빼고는. 그래서…… 우리는 데이비드한테 애완용 쥐를 구해 줬어.”

곧장 허밍의 모습을 그려 보았다. 허밍은 위층, 새로 청소한 우리에 곤히 잠들어 있었다.

에멧이 말했다.

“쥐들은 지구에서 가장 완벽한 동물 중 하나일지는 몰라도 기적을 만들지는 못했지.”

에멧은 더 이상 아무 말도 하지 않았다. 나는 꼼짝도 안 했다. 발에 쥐가 나 쩌릿쩌릿했다. 온몸이 쩌릿쩌릿했다.

“그래서 로빈, 이게 내 이야기야. 이제 첫 부분이지만, 어쨌든. 처음에는 슬프게 시작했어도 행복하게 끝나는 이야기가 얼마나 많은지 아니? 적어도 네가 어릴 때 들은 이야기들에서 말이야. 뭐, 내 이야기는 행복하게 시작했지만, 나는 지금 이야기가 슬픈 결말에서 멀어지도록 내가 할 수 있는 일을 하고 있는 거야.”

나는 내 이야기를 떠올렸다. 푸맨추 수염을 기른 빨강 머리 아빠, 킬리만자로 산에 오르고 싶어 했던 사람. 도어즈를 싫어하고, 아내와 어린 티티를 사랑했던 사람. 그리고 이런 모든 열정과 열망과 신념에도 불구하고 모든 삶이 끝나 가는 육체를 지녔던 사람.

슬픈 이야기였지만 행복한 결말을 맺을지도 몰랐다. 여자아이와 엄마와 쥐와 정말 훌륭한 치즈와 함께.

내가 물었다.

"그래서 뭘 하려고 하니? 가출은 왜 했어?"

에멧은 우리가 처음 만난 날 밤 내가 왜 골목에 있느냐고 물었던 때처럼 다정한 눈길로 나를 가만히 바라보았다. 내가 세상에서 가장 쉬운 질문을 하고 있다는 듯이.

에멧이 말했다.

"나는 기적을 만들려고 해."

29. 양파밭

우리는 모두 자신만의 이야기가 있다. 어릴 때 듣거나 읽어서 마음속에서 결코 떠나지 않는 이야기들이. 나한테는 그런 이야기가 《샬롯의 거미줄》이다. 우리가 골목에서 처음 만나던 밤에 에멧이 이 이야기를 꺼냈던 게 떠오른다. 꼭 에멧이 주머니에서 커다랗고 굵은 크레용을 꺼내 우리 둘을 연결하는 선을 그려 놓은 듯이.

엄마는 내가 여섯 살 때 이 책을 처음 읽어 주었다. 엄마가 밤마다 한 챕터씩 읽어 주는 내용을 들으며 나는 샬롯이 죽으리라는 사실을 깨달았다. 자신의 뒤를 이어 살아갈 '필생의 역작'인 거미 알 주머니를 세상에 남겼다 해도, 내게는 알을 남겼건 안 남겼건 별 다른 차이가 없어 보였다. 윌버에게, 또는 알에서 깨어날 거미들에게, 샬롯이 없는 세상이 뭐가 좋을 거란 말인가?

에멧에게 그런 이야기, 에멧을 떠나지 않는 이야기란 어떤 전설이었다.

야만인 코난을 말하는 게 아니었다. 물론 에멧은 그 이야기도 좋아하긴 했지만. 에멧이 품고 다니는 이야기는 데이비드가 듣지 않는다는 사실이 확실해지기 전에, 에멧의 가족과 오이밭이 딸린 집으로는 감당하기 힘들 만큼 데이비드의 문제가 커지기 전에, 우유 곽에 얼굴이 실리는 법도 없이 에멧의 아빠가 집을 떠나기 전에, 에멧의 아빠가 에멧과 동생에게 종종 읽어 주던 인디언 전설이었다.

에멧에게는 가장 행복하던 시절이었다. 아빠가 그 전설책을 가지고 에멧의 침대로 비집고 들어오고, 에멧이 아빠와 나란히 놓인 발을 바라보며 자기 발은 언제쯤 그만큼 커지나 궁금해하던 시절. 그 책은 에멧의 아빠가 어렸을 때 보던 책으로, 아빠가 가장 좋아하던 전설이 에멧도 가장 좋아하는 전설이 되었다. 에멧은 밤마다 그 책을 읽어 달라고 고집 피웠다.

이 얘기는 내가 자전거 손잡이 부분에 올라타고 에멧이 뒤에서 자전거 페달을 밟을 때 들려준 이야기였다. 다른 아이들이 이렇게 타는 모습을 본 적이 있었다. 아이들은 재미

있어하는 듯이 보였고, 무엇보다도 자전거 하나를 같이 탈 만큼 가까운 한 쌍처럼 보였다. 나야 언제나 그게 미친 짓이라고 생각했지만. 위험하니까.

하지만 엄마가 내게 전화 걸 2시까지 에멧이 살고 있는 곳을 보고 집에 돌아오려면, 고작 한 시간밖에 여유가 없었다. 그리고 어쨌든 나는 안전 모자가 있었다. 에멧에게 줄 안전 모자가 없어서 미안했지만 에멧은 자기가 훌륭한 사이클리스트라고 했다. 에멧은 자전거를 몰고 같이 갔다가 집까지 안전하게 돌아오겠다고 약속했다.

에멧은 내 요구에도 망설이지 않았다.

"그래, 그러고말고. 더 이상 비밀은 없어. 내가 어디 사는지 보여 줄게."

처음에는 에멧이 작은 만에 살 거라고 생각했다. 하지만 에멧은 도시를 쭉 둘러 가고 있었다. 엄마나 스우지 아줌마나 머치닉 할머니나 난롯가 주류점의 플랫부시 아저씨나 또는 지금쯤 내가 외출 금지라는 사실을 알고 있을 유클리드 거리의 상인들 눈에 띄지 않도록 안전하게 먼 길을 택해 가고 있었다.

우리는 다시 내륙으로 향했다. 시내에서 북쪽으로 난 시골길이었는데, 이쪽 지역에서 명성 높은 널찍한 농지를 가로지르고 있었다. 길을 따라 초록색 양파가 자라고 있었다.(그다음 농장 길에는 대두가 자라고, 시내의 남쪽 도로에는 감귤류 나무들이 있었다.) 창문을 닫은 차 안에서도 맡을 수 있을 만한 냄새가 풍겼다. 엄마와 내가 이쪽 길로 자주 오지 않는 이유와 관련이 있는 냄새였다.

에멧은 페달을 밟은 채 일어서서 내게 가까이 몸을 기울였다.

"꽉 잡아."

에멧은 왼쪽으로 홱 꺾더니, 너무도 깔끔하고 정확하게 줄지어 심어져 있는 양파밭 속으로 들어갔다. 기다랗고 톡 쏘는 초록빛 양파 줄기가 자전거 바퀴가 일으키는 바람에 흔들렸는데, 우리는 줄기 하나 으스러뜨리지 않고 길을 가르며 쭉 나아갔다.

더위에 질식할 듯한 기분으로 언덕을 오른 뒤 가필드 공원에 다다랐던 그날 오후 같은 느낌이었다. 구석구석 모르는 곳이 없다고 생각한 이 세상에서 새로운 횃대에 앉아 내 세계를 보는 듯한 기분.

"그런데 그 전설은?"

내가 에멧에게 소리쳤다.

"어떤 전설이야?"

나는 고개를 돌리지 않을 참이어서 소리를 질러야 했다. 앞을 바라보고 있어야 안전하다고 믿었기 때문이다.

에멧이 말했다.

"기다려 봐. 거의 다 왔어."

우리는 초록빛 들판으로 둘러싸인 헛간으로 자전거를 몰고 갔다. 농가에서 한참 떨어져 있던 터라 헛간은 저 멀리 한 점에 지나지 않아 보였다.

나는 시계를 보았다.

1시 19분.

에멧은 커다란 나무 문으로 걸어가 문을 빠르게 세 번 똑똑똑 두드리고는 이어 짧게 두 번을 더 두드렸다.

에멧이 말했다.

"아무도 없네."

에멧은 걸쇠를 풀고 헛간 문을 당겨 열었다. 에멧이 따라오라는 손짓을 했다.

바람이 잘 통하는 건물 내부는 서까래에 빛깔이 화려한 큰 천들을 매달아 대충 공간을 나눠 놓았다.

에멧이 한쪽을 가리켰다.

"재스퍼."

에멧이 다른 쪽을 가리켰다.

"크리스티안과 몰리."

세 번째.

"핀."

그리고 우리가 마지막 공간을 엿볼 때 에멧이 말했다.

"마지막으로 여기가 내 자리야."

에멧은 사다리를 올라가기 시작했고, 나도 뒤를 따라 위층으로 올라갔다. 화사한 주황빛 구명조끼가 베개 대신 침대 위에 있었는데, 침대는 공간을 나눈 천과 똑같은 것에다 짚을 채워 만든 것이었다. 그제야 그 천을 알아보았다. 머치닉 할머니 가게에 둘둘 말려 있던 천이었다. 한여름 빛이 들어설 자리도 없이 빼곡히 쌓여 있던 천들, 할머니가 하도 많아서 처치 곤란이라던 천이었다. 할머니는 이 천을 가게 뒤쪽에 갖다 놓은 게 분명했다.

에멧의 침대 머리 쪽 벽은 온통 스티커투성이였다. 공간이 충분하지 않아서 엉금엉금 기어가 스티커를 자세히 바라보고는, 그게 내가 내놓은 치즈에서 떼어 낸 상표임을 알았다. 로열 치즈 앤 데어리라는 영국 회사에서 나온 코츠월드 치즈, 브레켄 농장에서 나온 포트와인 체다 치즈, 프랑스 국기 그림이 있는 까망베르 치즈, 모두가 여기 있었다.

샬롯이 걸작을 만들러 간 곳과는 다른 이 다락방, 양파 줄기가 흔들리는 밭 한가운데에 벽 대신 천을 드리운 이 농장, 모든 게 너무 뜻밖이었다.

"우아, 이곳은 누구 소유지니?"

에멧이 어깨를 으쓱했다.

"어떤 농부겠지. 하지만 이 헛간을 사용하진 않아."

"너희가 써도 상관 않는 거야?"

에멧은 손을 뻗어 모퉁이부터 떨어지기 시작하는 치즈 상표를 납작하게 붙였다.

"사실은 잘 몰라. 하지만 여기에 와서 우리더러 나가라고 하지는 않아. 그러니까 농부도 괜찮아 하는 거겠지. 때로는 고맙다는 인사를 받으려는 법 없이 뭔가를 베푸는 것도 몹시 친절한 일이야."

에멧이 내게 웃음 지었다.

"뒷골목에 음식을 놔두는 것처럼."

"이곳은 어떻게 알았니?"

"핀이 연주하는 걸 들으려고 잠시 멈춰 서 있었어. 내게 있어서는 가장 최악의 순간이었지. 나는 돈을 모아서 북쪽으로 가고 있었어. 이곳에서 버스를 갈아타려고 했는데 그때 공격을 받았어. 땡전 한 푼 남기지 않고 다 털렸지. 면도날에 베이고 말이야."

에멧은 볼에 손을 갖다 댔다.

"이걸로 끝이라고 생각했어. 다시 집으로 돌아가야 한다고. 하지만 핀이 포기하지 말라고 했어. 그리고 나를 이곳으로 데려와 다른 친구들을 소개시켜 주었고, 그런 다음에 로빈, 너를 만난 거야."

그 순간 나는 무엇보다도 손을 쭉 내밀어 맨 처음 알아보았던 베인 자국을 만지고 싶었다. 지금은 에멧의 왼쪽 볼을 따라 희미한 줄로 남은 상처를. 하지만 나는 만지지 않았다. 자전거 손잡이에 올라탈 정도의 용기는 있었지만, 그렇게 특별히 과감하게 행동할 만한 용기는 없었다.

에멧이 나를 바라보고 있었다. 내가 얼마나 에멧을 만져 보고 싶어 하는지 에멧도 느끼는지 궁금했다.

에멧이 말했다.

"제때 집에 도착해서 너희 엄마 전화를 받으려면 이제 출발해야겠다. 그리고 어쨌든 내가 가장 좋아하는 전설을 들려줘야겠지."

30. 전설

오늘날의 캘리포니아 북쪽, 어느 외딴 마을에 행복하게 살고 있는 작은 부족이 있었다. 그들은 그들이 바라는 건 뭐든지 가지고 있었다. 풍부한 먹을거리, 건강, 자비로운 안내자인 '위대한 영혼'도.

이 부족 족장에게는 몹시 사랑하는 두 아들이 있었는데, 큰아들은 곧 결혼을 앞두고 있었다. 부족 사람들은 언젠가 자신들의 족장이 될 남자의 결혼식이 다가오자 결혼 준비를 시작했다.

행복과 영광으로 가득 차야 했던 시기였지만, 마을에 끔찍한 어둠이 드리우고 있었다. 느닷없이 사람들에게 병이 찾아든 것이다. 한때 축복이 깃든 마을에 살던 거주민들은 점점 앓다 죽기 시작했다. 많은 약들도 아무 소용이 없었다.

족장은 어쩔 줄을 몰라 원로들을 불렀다.

이 원로 회의에서는 '위대한 영혼' 앞에 무릎을 꿇는 것 말고 다른 방법이 없다는 결론이 나왔다. 모두 죽는 것이 '위대한 영혼'의 뜻이라면, 어떤 목적 때문이든 그대로 이뤄져야 했다. 원로들은 자신의 부족이 알려진 모습대로 용감하게 이 운명을 받아들이기로 했다.

원로 중에 가장 나이 많은 노인은 족장이 어려운 상황마다 의지하던 치료 주술사였다. 이 노인이 지팡이에 몸을 의지하고 자리에서 일어나 조용히 근엄하게 말했다.

"나는 늙었소. 이제 나는 우리 할아버지가 늙었을 때 우리 아버지에게 들려주던 말을, 또 우리 아버지가 늙었을 때 나에게 들려주던 말을 하려 하오. 나에게는 아들이 없소. 여러분 모두가 내 아들이오. 그러니 여러분이 알아야 할 이야기가 있소. 언젠가 '위대한 영혼'이 우리 부족에게 병을 보내면 그에 따라 모두 죽을 거라는 이야기이오."

노인은 지팡이에 더욱 몸을 기대며 말했다. 지팡이는 노인의 몸무게를 이기지 못해 후들후들 떨리고 있었다.

"제물을 바쳐 '위대한 영혼'을 달래지 않는 한 말이오."

이때 노인은 족장과 미래의 족장, 즉 원로 회의에 처음 참석한 족장의 큰아들한테서 눈길을 돌렸다.

"이 질병은 우리 모두의 목숨을 앗아 갈 것이오. 족장의 큰아들이 부족민을 위해 기꺼이 자신의 목숨을 내어놓지 않는다면 말이오."

사람들 사이에 침묵이 흘렀다. 모닥불이 타다닥 타는 소리 말고는 아무 소리도 나지 않았다.

족장은 자기 아들의 목숨을 구하기 위한 어떤 말도 하지 않았다. 그럴 필요가 없었다. 나머지 사람들도 마을을 구하려고 큰아들의 목숨을 희생시키지 않는다는 점에 의견 일치를 보았기 때문이다. 원로들은 주술 치료사 노인 앞에서 자신들이 내린 결정에 따르겠노라고, 그들 모두가 죽는 것이 '위대한 영혼'의 뜻이라면 용감하게 운명을 맞이하겠다고 했다.

족장의 큰아들은 무거운 마음으로 회의장에서 걸어 나왔다. 아들은 원로들 의견에 찬성표를 던졌지만 용감하게 행동했다는 생각이 들지 않았다. 그는 숲 속을 지나 마을로 돌아가면서 마을과 자신의 운명을 곰곰이 가늠해 보았다. 그리고 수정처럼 또렷한 답을 줄 마을에 시선을 두었다.

곧 자신의 신부가 될 여인의 얼굴.

몹시도 사랑하는 여인.

어떤 말로도 다 표현하지 못할 정도로 사랑하는 여인의 얼굴에 끔찍한 질병의 첫 징조가 나타나고 있었다.

그날 밤 큰아들은 여인 옆에 앉아 있었다. 그는 여인의 손을 꼭 잡았다. 약을 먹여도 소용이 없었다. 큰아들은 차가운 천으로 여인의 이마를 닦아 주었다. 그다음 날 아침까지 내내 여인 옆에 앉아 있었고 늦은 오후까지도 그대로 앉아 있었다. 그러고는 여인에게 사랑한다는 말을 속삭여 주었다. 여인이 그 말을 들었을까? 큰아들은 여인을 사랑했다. 언제나 사랑해 왔다.

해가 넘어가기 직전, 큰아들은 여인의 깊고도 깊은 두 눈 사이에 입을 맞췄다. 여인은 아직 살아 있었지만, 큰아들은 여인이 삶을 얼마나 더 지탱할 수 있을지 확신할 수 없었다.

큰아들은 동생을 찾아갔다. 동생은 겁에 질린 목소리로 자신도 끔찍한 질병의 징조가 느껴져 두렵다고 털어놓았다.

형이 말했다.

"다 좋아질 거야. 용감해지거라. 그리고 훌륭한 족장이 되거라."

동생은 형이 한 말에 어리둥절했지만, 형이 숲으로 걸어가는 모습을 바라보면서도 깊이 생각하지 않았다. 걱정하느라 진이 빠져 있었기 때문이다.

족장의 큰아들은 커다란 바위들을 모을 수 있는 만큼 모아서 가죽 자루에 잔뜩 채워 넣었다. 숲의 한쪽 눈에 띄지 않는 곳에 뜨거운 물이 나오는 샘이 있었는데, 그는 꼬마였을 때 이 샘에 뛰어들길 좋아했다. 그는 어릴 때 뛰어내리던 바위까지 돌 자루를 질질 끌고 갔다.

사람들은 이 샘을 치유의 장소라고 믿었다. 가벼운 질환이 낫기를 바라며 부족 사람들이 따뜻한 샘물에 몸을 적시러 오곤 했다. 딱히 효험이 있다고 모두가 믿는 건 아니었지만.

큰아들은 꼬마였을 때 바위에서 샘으로 뛰어드는 게 마냥 좋았다. 그리고 이 밤, 해가 막 질 무렵, 큰아들은 자기 발목에 돌이 가득 든 가죽 자루를 밧줄로 묶었다. 그러고는 팔을 뻗고, 두 눈을 감고, 뛰어내렸다.

다음 날 아침, 마을은 기운차게 깨어났다. 끔찍한 질병이 사라져 버렸다. 죽음의 문턱에 있던 사람들은 마치 한숨 푹 자고 일어난 듯이 새롭게 깨어났다. 축하의 함성이 마을에서 터져 나왔고, 모든 사람들이 한자리에 모이고 나서야 족장의 큰아들이 없음을 알아차렸다.

족장의 두 번째 아들과 신부가 되지 못할 젊은 여인의 울부짖음이 솟구쳤고, 이 소리는 한데 엮여 악마들이 내지르는 소리보다 더 끔찍하게 들렸다.

며칠 뒤, 전통적인 관례에 따라 사람들은 숲 속 샘가에서 큰아들의 삶을 애도하며 찬양했다. 그날 뒤로 그 샘에 특별한 치유 능력이 있음을 아무도 의심하지 않았다.

그 샘이 마을을 치유했다.

31. 뛰어내리기

부엌 조리대로 돌아와, 2시에 엄마한테서 온 전화를 받은 뒤(네, 아직 집에 있어요. 네, 냉장고 청소했어요. 아뇨, 텔레비전은 많이 보고 있지 않아요.), 에멧이 말했다.

"그 샘을 찾을래."

"찾아서…… 죽으려고? 바보 같은 생각 같은데."

"아냐, 아냐. 죽을 생각은 아니야. 세상에, 정말 곧이곧대로 듣는구나."

"이해가 안 가."

"그 샘에는 치유하는 힘이 있어. '진짜로' 치유하는 힘이. 다른 온천과는 달라. 사람들이 좋아하는 고급 리조트나 습진 같은 걸 치료받는 다른 온천들과는 달라. 그 샘물은 '다른 사람'을 치료할 수 있어. 기도하는 사람에게 응답하지.

그게 그 샘이 지닌 특별한 점이야. 다른 사람을 치유한다는 점. 그곳에 가는 사람에게만 해당되는 문제가 아니야. 그 샘물은 한 마을을 치유했어. 한 부족 전체를 죽음의 문턱에서 다시 되돌렸으니까."

북쪽에 온천지가 있다는 얘기를 들은 적이 있었다. 우리 가게에 가끔씩 관광객이 들렀는데, 주로 그쪽 온천 휴양지에서 머문 뒤 해안을 따라 쭉 내려오던 독일인이나 영국인들이었다.

그리고, 그렇다, 어쩌면 내가 너무 곧이곧대로인지는 몰라도, 내가 이해하기로는 이 전설에서 형은 자신이 사랑하는 사람들을 구하기 위해서 죽어야만 했다.

"에멧."

나는 에멧을 부르고는 다시 입을 다물었다. 에멧에게 얼마나 중요한 일인지 잘 알았기 때문이다. 면도날로 볼이 베이는 일을 겪을 만큼 중요했고, 양파밭에서 살고 있을 정도로 중요한 문제였다. 나는 꿈을 깨부수는 그런 친구가 되고 싶지 않았다. 내가 확실히 알기로, 친구란 친구에게 힘을 북돋아 주는 존재다. 친구라면 돌이 가득 찬 자루로 친구를 짓누르지 않는다.

에멧이 말했다.

"있잖아, 미친 짓으로 들린다는 거 알아. 미친 짓이지, 그렇지? 하지만 내가 말했듯이, 나는 '기적'을 찾고 있어. 나도 알아. 거의 가망 없는 일이라는 거. 하지만 아무것도 들어 먹지가 않아. 모든 게 허물어지고 있어. 이미 허물어졌어. 이제 더 떨어져 내려갈 곳도 없어. 엄마는 늘 울고 있어. 침대 밖으로 나오지도 않아. 아빠는 집을 나갔어. 전화도 한 통 없어. 우리가 잘 지내는지 살펴보지도 않아. 매주 20달러짜리 지폐 다섯 장이 든 봉투를 보내지만 반송 주소는 적혀 있지 않아. 안 보내 주는 것보다야 낫겠지만, 그것으로는 턱없이 부족해. 데이비드한테 필요한 건 그보다……."

에멧은 목이 멨고, 레모네이드를 한 번에 쭉 들이켰다. 나는 에멧 잔을 더 채워 주었다.

"나는 평생 동안 그 전설을 믿어 왔어, 로빈. 처음부터 그냥 그 이야기를 믿었어. 먼지 쌓인 낡은 책에 적힌 비밀스런 역사들처럼 말이야. 그런데 그 즈음 상황이 바뀌기 시작한 거야. 나는 밤이면 침대에 누워 그 샘물에 뛰어드는 상상을 하기 시작했어. 피부에 감기는 따뜻한 물이 느껴졌어. 그리고 이러저러한 모든 일을 치유해 달라고 어둠 속에서 속삭이며 기도를 올렸지. 데이비드가 말할 수 있게, 들을 수 있게, 이해할 수 있게 해 달라고. 엄마가 울음을 그치게 해 달라고. 아빠가 우리를 사랑한 사실을 기억하게 해 달라고. 나는 언제나 그 전설을 믿어 왔어. 아빠가 맨 처음 들려주던 그때부터. 이제 와서 그 믿음을 버릴 수는 없어."

"하지만 그 희생은……."

나로서는 그냥 넘기지 못할 문제였다.

"모르겠니? 희생은 족장의 아들이 치렀어. 그가 치른 희생 덕분에 그 샘물은 지금의 샘물이 된 거야. 나는 죽을 필요가 없어. 그저 그곳에 가서 믿으면 돼. 그리고 어쨌든, 나도 희생은 치렀어. 나를 봐. 나는 집을 나왔어. 치유받고 싶어서 사람들에게 상처를 줘야 했어. 내가 엄마한테, 데이비드한테 무슨 짓을 했는지 알아. 설사 데이비드가 내가 한 짓을 인지할 수 없다고 해도. 나는 희생을 치렀어. 아주 큰 희생을. 전설에 담긴 혼이 이런 거라고 믿어. 나는 큰아들이야. 하지만 가족을 치유하겠다고 내가 죽을 필요는 없어. 정신 나간 소리처럼 들린다는 거 알아. 하지만 나는 그 샘을 찾아야 해. 나는 믿음을 가져야 해. 나도 그 바위에 서야만 해. 나도 뛰어내려야만 해."

애가 미쳤을까? 숲 속 온천지에 치유의 힘이 있다고 믿는 에멧이, 알래스카에서 로렐라이가 기다리고 있으니 꼭 찾으리라고 믿는 핀보다 더 미쳤다고 할 수 있을까? 내가 그날 해변에 가지 않고 가게에 일하러 갔더라면 닉이 베스파를 타다 나무를 들이받는 일은 없었으리라는 생각보다 더 미친 생각이라고 할 수 있을까? 아내와 코흘리개 아이가 있고 빨간 푸맨추 수염을 기른 서른넷의 남자가 삶이 끝나 가고 있는 심장을 가진 채, 아직 못다 한 일이 있노라고 공책에 죄 목록으로 써 내려간 것보다 더 미친 행동이라고 할 수 있을까?

"나도 너랑 갈래."

나는 내가 무슨 말을 하고 있는지 깨닫기도 전에 말했다. 조심성과는 완전히 거리가 먼 행동이었다. 안 그런가? 두근두근 뛰는 심장이 갑작스레 이끄는 대로 따르다니.

"너랑 같이 그 샘물을 찾아갈래."

32. 가출하는 타입

다음 날 오후에 에멧이 다시 우리 집에 오기로 계획을 세웠다. 나는 먼저 닉을 보러 가고 싶었다. 닉을 꼭 봐야만 했고, 오전에 잠깐 나갔다 오는 것은 엄마도 한 번쯤 눈감아 주리라 확신했다. 물론 엄마는 화나 있었지만, 외출 금지보다 더 중요한 게 있다는 건 알 터였다.

엄마가 말했다.

"좋아. 하지만 병원에만 다녀와야 해. 그런 다음에는 곧장 집으로 와. 1시에 확인할 테니까."

"저를 그렇게 상습범 취급하셔야겠어요?"

"엄마는 지금 정신 멀쩡한 엄마라면 누구나 십 대병 증상이 시작된 딸을 다루듯 너를 대하고 있을 뿐이야. 선을 명확히 그어 두는 거지. 네가 그 선을 넘으면 어떻게 되는지 기억하게 해 주는 거고."

"알았어요."

"1시까지는 돌아와."

"네, 네, 대장님."

그래서 아침에 나는 자전거에 뛰어올랐다. 이제 바나나 모양 안장에 혼자 타는 건 너무 재미없고 심심하게 느껴졌다.

병원으로 가는 길에 더럭 겁이 나기 시작했다. 내가 지금 뭐 하는 거지? 나는 가출하는 타입이 아니었다. 고작 세이프웨이에 가면서 쪽지 하나 남기지 않았다고 지금 내가 어떤 꼴이 되었는지. 나는 위험을 감수하는 사람이 아니었다. 기적을 믿는 사람이 아니었다.

하지만 그때 목록들이 떠올랐다. 언젠가 나만의 목록을 가지면 어떨까 하는 생각이. 그 목록에 적을 만한 일을 하고 싶었다. 기억에 남을 만한 일을, 경험들을. 안전한 길을 택하지 않았던 시절을. 두 팔을 활짝 벌려 삶을 송두리째 껴안은 시절을.

자세히 살펴봐야 할 게 참 많았다. 세세하게 알아 둬야 할 사항들이 참 많았다. 에멧은 로스앤젤레스에 있을 때 숲 속 온천지에 가는 방법을 조사해 두었다. 어느 친절한 도서관 사서가 마이크로피시(책의 각 장을 축소 촬영한 카드 형태의 마이크로 필름이다. – 옮긴이)에서 역사 기록과 지도를, 출력하는 데 장당 5센트 하는 값도 받지 않고 하도록 도와주었다고 했다. 덕분에 에멧은 샌프란시스코 북쪽에서 두 시간쯤 더 가면 나오는 자치주, 윌콕스라고 알려진 도시 근처에 그 전설의 샘이 있다고 결론지었다. 에멧의 도서관 친구는 에멧에게 그 지역의 지질 조사 지도를 찾아 주었는데, 그 지도에서 나무에 둘러싸인 물줄기가 보였다. 하지만 그냥 평범한 연못인지 온천인지는 직접 가 보기 전까지는 알 수 없었다. 인근에 온천 휴양지가 있긴 하지만, 윌콕스 지역 가까이에 있는 이 물줄기는 8백만 제곱미터에 달하는 사유지 한복판에 있었다.

이런 조사를 하는 데 어마어마하게 손이 많이 갔을 것 같았다. 내 능력을 훨씬 넘어서는 일이었지만, 에멧이 누군가 자신을 도와줄 사람을 찾았다는 점은 그리 놀랍지 않았다. 에멧은 자신을 도와주고 싶어 하는 사람을 어떻게 찾을지 잘 아는 아이였다. 그게 에멧이 지닌 특별한 힘이었다.

에멧은 그곳에 가는 방법을 알고 있었지만, 아직 거기까지 가는 데 필요한 돈을 모으고 있었다. 에멧은 공격받던 날 돈을 죄다 잃어버렸고, 윌콕스까지 가는 버스 요금을 느릿느릿 모으는 중이었다. 많지 않은 금액이었는데, 에멧은 재활용품을 모아서 돈을 모았다고 했다. 또 에멧은 핀처럼 노래할 수는 없었지만 바닥 걸레질을 할 수 있었고, 석쇠를 닦을 수 있었다. 석쇠는 가끔씩 데이지 아줌마네 식당에서 영업이 끝난 뒤에 닦았다고 했다. '다정한 애완동물과 애완용품' 가게에서도 동물 우리를 닦았다.

지난 일요일에 엄마가 바르톨로뮤 가게에서 지적한 바에 따르면 미성년자 노동법이라는 게 있었고, 내가 알기로 유클리드 거리는 이 법을 따르는 상인들이 있는 곳이었다. 하지만 만화 주인공 같은 얼굴을 한 남자아이가 보내는 웃음과 애원 앞에서는 그 법을 살짝 어길 수 있을 만큼, 심각하게 받아들이지는 않았나 보다.

에멧은 자신이 운이 좋다고 말했다. 이곳이 좋아졌다고. 이곳에서 행복했다고. 그리고 잃은 돈을 다시 모으는 데 긴 시간이 걸린다는 사실이 그다지 끔찍하지만은 않게 되었다고 했다.

에멧이 말했다.

"그리고 어쨌거나 '네가' 여기 있으니까."

나는 병원 앞 거치대에 자전거를 끼워 넣었다. 안전 모자를 벗고 머리를 쓸어내렸다. 허밍이 들어 있는 가방은 메고 오지 않았다. 불쌍한 허밍. 허밍도 덩달아 외출 금지였다.

나는 지난 두 모험에 허밍을 놔두고 다녔다. 전날에는 허밍을 방치한 채 양파밭에 데리고 가지 않았다. 우리 둘 다 자전거 손잡이 위에 타는 건 위험한 일이기 때문에 허밍을 데려가지 않는 게 현명하리라 생각했다. 그리고 내가 치즈 가게에 적용되는 위생법을 존중하지 않았을지언정, 병원은 완전히 다른 문제였다.

닉은 연필과 메모장을 가지고 침대에 기대어 앉아 있었는데 나를 보자 얼굴빛이 환해졌다. 닉은 아직도 내 가슴을 뛰게 하는 힘을 지니고 있었다. 진부하게 들린다는 거 안다. 하지만 정확히 표현하면 정말 그랬다.

닉이 말했다.

"안녕, 꼬맹아."

"안녕, 닉."

"좀 더 가까이 와. 외다리 녀석 한번 안아 주라고."

닉을 안은 느낌이 좋았다. 닉의 머리카락이 내 볼에 닿는 느낌이.

"몸은 좀 어때?"

닉은 어깨를 으쓱하고는 하늘색 병원 이불을 내려다보았다.

"알잖아."

"베카는 잘 있어?"

닉의 웃음이 커졌다.

"베카는 정말…… 굉장해. 지금 일하러 갔는데, 이따가 저녁 먹으러 올 거야."

"그렇다니 기쁘네."

"그런데 웬일이야, 드루? 네 세계에 뭔가 새로운 일이 있니? 파스타 만들기는 어떻게 되어 가고 있어?"

닉은 침대 가장자리를 두드리며 앉으라고 했다. 나는 닉을 마주 바라보며 앉았고, 닉은 한 손을 내 정강이 위에 올려놓았다.

"더 이상 가게에서 많은 시간을 보내지 않아. 게다가 아무튼, 외출 금지 당했어."

닉이 고개를 끄덕였다.

"내 열네 살은 몽땅 외출 금지에 바친 세월이었지."

"그게…… 나도 잘 모르겠어. 모든 게 잘 이해가 가지 않아. 헷갈린다고나 할까. 모든 게 말이야."

"뭐, 이번에도 내 열네 살적 이야기를 네가 설명해 주고 있구나."

내가 웃었다.

"닉?"

"왜?"

"우리 엄마의 남자 친구가 누구인지 알아?"

그게 알고 싶어서 닉을 찾아갔던가? 은색 차를 모는 남자에 대해서 세세히 토해 내라고 압박하러?

닉이 천천히 고개를 가로저었다.

"이봐, 꼬맹아. 나한테 이러지 마. 그런 식으로 나를 이용하진 말아 줘. 내가 네 친구이고 싶어 한다는 거 알잖아. 내가 너한테 약하다는 것도 잘 알 테고. 그렇다고 너와 엄마 사이에 날 끼워 넣지는 말아 주라."

내가 말했다.

"맞는 말이야. 미안해."

"잊어버려."

나는 병실을 둘러보았다.

"그럼 언제 여기서 나가는 거야?"

닉이 한숨을 내쉬었다.

"금방이면 좋겠어. 하지만 염증이 있어서 계속 치료받아야 해. 물리치료도 아직 더 남았고. 게다가 휠체어로 다니며 살 수 있는 곳을 찾아봐야 해. 그것 말고도 준비해야 할 게 갖가지야. 또 너도 알다시피, 차라리 그냥 여기서 영원히 있는 게 낫겠다는 생각이 드는 앞날이 있고."

화창한 날 눈으로 뒤덮인 산꼭대기에 있는 사람처럼 눈부시던 닉이 그토록 서글퍼하는 모습은 처음 보았다. 먹구름이 닉의 머리 위로 지나가는 모습을 병실 침대에 앉아 보고 있자니 울고 싶은 기분이 들었다.

우리는 둘 다 조용히 있었다. 복도에서 카트가 지나가는 바퀴 소리가 들렸다. 간호사들의 잡담 소리도. 나는 병실 창문 밖으로 옆 건물을 내다보며 울고 싶은 충동을 꿀꺽 삼켰다.

"닉, 기적을 믿어?"

닉이 그 질문에 대해 곰곰이 생각하고 있다는 걸 알 수 있었다. 그 질문을 어리석다거나 유치하게 여기며 묵살하지 않았다. 닉은 베개를 다시 매만지고, 몸을 더 일으켜 세우며 앉아서는 내가 이곳에 왔을 때 들고 있던 메모장을 집었다.

"보여 주고 싶은 게 있어."

닉은 몇 장을 앞으로 넘기며 내게 메모장을 건넸다.

"자."

스케치였다. 뭔가가 기다랗고, 가운데가 널찍하고, 처음과 끝부분은 가느다랬다. 수치가 적혀 있었고, 가운데에는 끈과 막대기로 만든 기계 장치 같은 게 있었다.

서핑 보드였다. 외다리로 탈 수 있는 서핑 보드.

나는 고개를 들고 닉에게 웃음 지어 보였다.

닉이 말했다.

"정신 나간 생각인 줄은 나도 알아. 그 스케치는 완전히 말도 안 되지. 하지만 뭔가를 싹 틔울 씨앗이야. 출발점이지. 그냥 엎드려서 타는 보디 보드도 괜찮으리라는 건 잘 알아. 그래도 언젠가 다시 보드 판 위에 설 수 있으리라는 꿈을 버릴 수가 없어. 내가 느껴 본 기분 중에 최고니까. 완벽한 파도를 타면서 말이지. 내가 다시는 그럴 수 없다는 사실을 믿지 못하겠는 거야. 그러니, 그래, 나는 진심으로 기적을 믿어. 언젠가 내가 보드 판에 서서 완벽한 파도를 탈 거라고 믿으니까."

아무리 울고 싶은 충동을 참으려고 해도 들어 먹질 않았다. 얼굴 위로 눈물이 흘러내렸다. 닉은 티슈를 뽑아 내게 건넸다.

"울지 마."

내 입에서 울음과 웃음이 뒤섞인 소리가 나왔다. 정확히 슬픈 건 아니었다. 그저 온갖 감정이 솟구쳐 올랐다.

나는 집에 가려고 일어섰다. 늦어서 뛰어야 할 판이었다. 20분 안에 엄마 전화벨이 울릴 터였다.

나는 닉을 꼭 안았다.

"고마워."

"뭐가?"

나는 닉의 미소를 마음에 새겼다. 바다 빛깔의 초록 눈을, 헝클어진 금발을, 나를 염려하는 진심 어린 시선을.

"아름다운 닉으로 있어 줘서."

33. 은색 차

아무리 페달을 빨리 밟아도 1시까지 집에 갈 수는 없었다. 병원과 집 말고는 아무 데도 들르지 않겠다고 약속했지만, 치즈 가게에 들러 좀 늦었다고 말하면 엄마도 괜찮다고 할 것 같았다. 확신하진 못해도, 그 정도는 엄마도 규율 위반으로 여기지 않으리라 생각했다. 엄마도 늦을 경우는 예상치 못했으니까.

나는 주유소와 도서관을 지나고, 초등학교 옆을 지나 달렸다. 하지만 유클리드 거리로 바로 이어지는 길에서 왼쪽으로 돌지 않고 거리를 건너가서 왼쪽으로 꺾어 골목으로 들어섰다. 가게 뒤쪽에 주차장이 있어서 엄마 차 옆에 내 자전거를 기대어 놓곤 했다.

주차장에 들어서자마자 엄마가 보였다. 엄마를 막 부르

려고 했는데, 엄마가 한 남자한테 말을 건네면서 바짝 다가서 있는 모양새를 보니 뭔가 심각한 대화를 나누는 중인 듯했다. 순간 엄마는 더 가까이 몸을 기울이더니, 남자가 은색 차에 타기 전에 재빨리 키스를 건넸다. 차에 탄 남자가 창문을 내렸고, 엄마는 몸을 숙여 또 한 번 키스를 건넸다. 엄마가 차 지붕 위를 손바닥으로 가볍게 치자, 남자는 후진 기어를 넣었다.

엄마는 가게 뒷문으로 걸어갔고, 차는 내가 자전거에 탄 채 보도에 발을 딛고 서 있는 곳까지 후진해 왔다.

은색 차가 세 방향으로 전진 후진을 하는 사이, 나는 운전자를 똑똑히 볼 수 있었다. 그가 누구인지 한 치도 의심할 여지없이.

차가 내 시야에서 사라지자, 나는 가까스로 자전거 페달을 밟으며 골목을 빠져나와 유클리드 거리로 나왔다. 집에 도착하자 1시 12분이었다.

현관으로 걸어갈 때 전화가 울리고 있었다.

나는 몇 번 더 울리게 놔둔 뒤에 전화기를 들었다.

"너 어디 갔었니?"

엄마는 화난 목소리였다.

"웩처였어요? 진짜야, 엄마? 웩처 벡처랑 사귀는 거야?"

긴 침묵이 이어졌다.

"그 사람 이름은 플레처야."

화난 목소리는 사라지고 조심스런 목소리였다. 신중한 목소리. 엄마는 이미 내가 건너기 시작한 선 말고 또 다른 선을 그리고 있었다.

"아, 엄마. 속이 다 울렁거려."

"그만하면 됐다, 드루."

또 긴 침묵.

"오늘 밤에 더 얘기하자. 엄마가 집에 간 뒤에."

"끊을게요, 엄마."

"그래."

하지만 그날 밤 우리는 이야기를 나누지 않았다. 엄마는 내가 저녁으로 시리얼 한 접시를 먹은 뒤에야 집에 왔고, 나는 엄마한테 몸이 좋지 않은 것 같다고 말했다. 엄마는 내 말을 믿어 주는 척했고, 나는 방으로 올라왔다. 서로서로 좋은 상황이었다. 엄마는 웹처한테, 간섭하기 좋아하는 위생관한테 어떻게 마음을 빼앗겼는지 내게 말을 안 해도 되었다. 그리고 나는 위층으로 올라와 어떻게든 엄마가 나를 배신한 거라고 계속해서 스스로를 확신시킬 수 있었다.

이렇게 나는 엄마가 플레처 멜처 씨와 사귀는 문제를 이런 관점에서 보기로, 엄마를 배신자로 여기기로 결정했다. 그래야 지금부터 내가 하려는 일을 더 쉽게 생각할 수 있을 테니까. 만약 그 남자가 우리 모두에게 문제를 불러일으키는 악당이라면, 엄마는 근본적인 신뢰에 먹칠을 한 것이다. 그러니 내가 에멧과 가출하여 똑같이 군다면, 우리는 서로 한 방씩 먹이는 셈이 된다. 아주 멋진 일은 아니래도 편리한 생각임은 분명했다. 나는 플레처 멜처 씨가 우리 가게 문을 닫게 하고 싶어서가 아니라, 당연히도, 우리 엄마한테 마음이 끌려서 가게에 뻔질나게 드나든 사람으로 재조명하지 않으려고 애를 썼다.

우리는 그날 밤 이야기를 나누지 않았다. 그리고 그다음 날도 이야기를 나누지 않았다. 그때 나는 이미 집을 나가고 없었다.

34. 버스 정류장

에멧과 나는 버스 정류장에서 만나기로 했다. 밤 11시 15분에 샌프란시스코로 출발하는 버스가 있었다. 아침 6시 30분에 샌프란시스코에 도착해 세 시간을 기다렸다가 버스를 갈아타면 윌콕스에 다다를 터였다. 에멧이 가지고 다니는 지질 조사 지도에 따르면, 윌콕스의 정류장에서 동쪽으로 몇 킬로미터는 더 걸어가야 숲 속 샘물에 다다를 수 있었다.

에멧은 우리 집에서 만나기를 바랐다. 그렇게 늦은 밤에 나 혼자 자전거를 타서는 안 된다고 생각했기 때문이다. 나는 반사면 조끼가 있음을 상기시키면서 에멧이 집 주위에 있는 게 더 위험하다고 말했다. 그냥 버스 정류장에서 만나는 편이 나았다. 그렇게 해야 내가 중간에 어딘가 들를 수 있었다. 그곳에는 에멧과 함께 가고 싶지 않았다.

그날 밤 엄마는 집을 비웠다. 늦게까지 일해야 한다는 말도 하지 않고 말이다. 그런 술책은 필요 없으니까. 대신에 엄마는 저녁 먹고 영화를 보고 올 거라고, 스우지 아줌마가 같이 있어 줄 거라고 말했다. 사실은 나를 감시하겠다는 뜻이었다. 기분이 좋지 않았다. 스우지 아줌마는 내 신뢰를 저버리지 않았는데, 나는 곧 나에 대한 아줌마의 신뢰를 저버릴 참이었기에.

스우지 아줌마는 뜨개질을 했다. 나는 읽지도 않으면서 책장을 휙휙 넘겼다. 우리는 엄마가 좋아하는 아일랜드 포크송을 틀어 놓고 엄마와 내가 한 번도 켜지 않은 난롯가에 앉아 있었다. 나는 알맞은 구실을 대고 침실로 올라갈 시간을 기다렸다.

마침내 9시 15분이 되었고, 나는 아줌마에게 안녕히 주무시라고 말했다.

"기분은 괜찮니, 우리 문제아?"

"네, 그냥 피곤해요."

"정말 그뿐이야?"

스우지 아줌마한테 거짓말하기가 싫었다. 내가 비밀을 간직할 필요가 없는 유일한 사람이었으니까. 스우지 아줌마는 내게 귀를 기울여 주었다. 나를 이해해 주었다.

"네, 그뿐이에요. 그냥 피곤해요."

"알았다, 그럼."

스우지 아줌마는 내 손을 잡고 으스러지게 쥐었다.

"잘 자거라."

"같이 있어 줘서 고마워요."

"나야말로 영광이지."

나는 방으로 올라가 짐을 싸기 시작했다. 허밍을 데려가야 해서 짐을 많이 쌀 수가 없었다. 내가 사라진 걸 안 뒤에 엄마가 허밍에게 먹이를 줄지 확신할 수가 없었다. 어쨌거나, 정말 필요한 게 뭐지? 갈아입을 옷과 내게 무엇보다도 중요한 허밍과 아빠의 공책을 가방에 챙겨 넣었다.

나는 엄마 방으로 가서 침대 밑에 손을 뻗었다. 접이식 화재 대피 사다리를 놓는 곳이었다. 좀체 내색은 하지 않아도, 엄마도 조심성이 무척 많은 사람이었다. 내 성격은 엄마한테 물려받은 거다.

사다리는 상자에 포장된 상태 그대로였다. 내 방으로 가져와 뜯고 설명서를 읽는데, 내가 원하는 만큼 속 시원히 보지는 못했다. 가슴이 두근두근 뛰고 있었고, 스우지 아줌마가 방에 와서 나를 확인해 보겠다고 결심할 경우를 대비해 빨리 나가야 했다.

사다리 한쪽 끝을 창문틀에 걸고, 나머지 부분을 아래로 떨어뜨렸다. 사다리는 소리도 없이 펼쳐졌다. 모든 일이 기대보다 훨씬 매끄럽게 흘러갔다. 나는 얼떨한 상태로 반사면 조끼와 안전 모자를 쓰고 유클리드 거리로 자전거 페달을 밟았다.

지난 오후에 같이 계획을 짤 때, 에멧과 나는 버스 요금을 어떻게 구할지 머리를 맞댔다. 돈 때문에 에멧이 이토록 오래 지체하고 있던 참인데, 나까지 함께 가려면 돈이 두 배로 필요했다. 나는 돈 문제는 내가 부담할 테니 걱정하지 말라고 했다. 생일날 할아버지 할머니한테서 받은 돈을 저축해 놓았다고 했다. 에멧은 내 말을 그대로 믿었다. 나한테 할아버지 할머니가 한 명도 없다는 사실을 몰랐으니까.

나는 가게 뒤쪽으로 돌아갔다. 쓰레기통과 스우지 아줌마가 담배를 피우곤 하는 벤치 가까이로 가서, 엄마가 내게 맡겨 둔 가게 열쇠로 뒷문을 열었다. 그러고는 살금살금 사무실을 지나 커다란 냉동고 앞을 지나, 카운터로 갔다. 아직 손대도 된다는 허락을 받지 못한 금전 등록기 앞으로. 내 일 중 하나가 잔돈 채우기였기 때문에 금전 등록기 여는 방법은 알고 있었다. 서랍이 열리면서 나는 소리에 펄쩍 뛰도록 놀랐다.

돈을 챙기는데 끔찍한 기분이 들었다. 언젠가 갚을 것이니 훔치는 게 아니라고 혼자 되뇌었다. 필요한 금액만 챙기고 더 가져가지 않았다. 딱 우리 두 사람의 버스 요금만큼만.

나는 금전 등록기를 닫고 자리를 떠났다. 하지만 나가기 전에 엄마 책상으로 가 엄마가 수표를 쓸 때 사용하는 펜과 종이를 꺼냈다.

오후 10:25

엄마,

엄마가 누구 짓인가 생각하기 전에, 돈은 내가 가져간다는 걸 알려 드리고 싶어요. 급료로 가져가는 돈이라고 생각하지 않았으면 좋겠어요.(엄마는 내가 여기서 일한 대가로 땡전 한 푼 주는 법이 없었죠.) 돈은 빌려 가는 거예요. 갚을 수 있게 되자마자 바로 드리겠다고 약속할게요.

내가 바보 같은 것, 이를테면 엄마는 사 주려고 하지 않았던 가죽 재킷 따위를 사기 위해 가져간다고 생각진 마세요. 진짜 절박한 일에 쓰려고 가져간다는 것만 알아주면 좋겠어요.

부디 절 걱정하지는 마세요. 내가 고작 열네 살일지는 몰라도, 뭘 하는지도 모르는 애는 아니니까.

곧 전화할게요. 전화하겠다고 맹세해요. 근데 매시간 정각에 전화하겠다는 장담은 못 하겠네요.

엄청 사랑해요.

나는 돌아서서 쪽지를 금전 등록기에 테이프로 붙여 놓았다. 그러고는 문을 잠그기 전에 마지막으로 가게 안을 쭉 둘러보았다. 나는 이 가게를 무척 사랑했다. 누군가는 집이라는 공간조차 하나 없는 이 세상에서, 나는 운 좋게도 집이 두 곳이나 있었다.

나는 들어오던 때와 똑같은 방식으로 나갔다. 베로니카나 스우지 아줌마가 골목에 내놓은 하루 지난 빵과 치즈를 집어 들어 가방에 쑤셔 넣고, 자전거에 뛰어올라 버스 정류장으로 향했다.

에멧은 주머니에 두 손을 깊숙이 꽂고 터미널 입구에서 서성이며 나를 기다리고 있었다. 내가 자전거를 거치대에 놓자마자 에멧이 성큼성큼 걸어왔다.

내가 말했다.

"자물쇠를 안 가져왔어."

모든 계획을 치밀하게 짰는데도 이 부분은 미처 생각하지 못했다. 자전거를 어떻게 안전하게 둘 수 있을까? 안전 모자는 어디에 두지? 반사면 조끼는?

"숨겨 둘 만한 덤불이나 다른 곳을 찾아보자."

내가 말했다.

"아냐, 괜찮아. 괜찮을 거야."

도둑맞지 않으리라는 보장은 없었지만 에멧이 이 지점에 다다르기까지 얼마나 많은 희생을 치렀는지가 떠올랐다. 내가 자전거와 안전 모자와 조끼를 잃어버려야만 한다 해도, 그게 공평해 보였다.

"돈은 가져왔어?"

나는 가방을 두드렸다.

"여기 있어."

"좋아. 우리들의 아버지를 찾은 것 같거든."

그건 에멧의 역할이었다. 우리가 아무리 성숙하고, 책임감 있고, 조심성 많아 보일지라도 그레이하운드 사냥개처럼 날렵하게 생긴 판매원이 십 대 두 명한테 윌콕스로 가는 편도 차표를 팔지 않을까 봐 걱정이 되었다. 그래서 에멧이 모은 돈을 더해서 정류장에 기다리는 사람한테 주고, 우리 부모인 척하면서 표를 대신 사게 하려고 했다. 에멧이 고른 남자는 우리 둘을 자식으로 둘 법한 나이로 보이지 않았다. 흰 셔츠 위에 운동복 재킷을 입고 청바지에 하얀색 새 테니스화를 신은 차림새였다. 머리는 벗겨지기 시작했고 면도는 하지 않은 마른 남자였다. 왠지 만만해 보이는 사람이었는데, 아마도 그래서 에멧이 그 남자를 골랐을 테지만, 나는 그 남자가 돈을 건네받자마자 들고 튀지 않기를 바랐다. 진짜 그레이하운드 사냥개처럼 빨리 달릴 사람처럼 보였기 때문이다.

"자, 여기 있다. 정신 나간 아이들아."

남자는 카운터에서 표를 사 들고 돌아와 우리에게 하나씩 건네주었다.

"아, 사랑의 여신이시군."

남자가 나를 보며 웃었다.

"사랑, 이 세상에 그것만 한 것도 없지."

나는 얼굴이 후끈 달아올랐다.

"그럼 버스 탈 때 보자."

남자는 벤치로 걸어가더니 앉아서 잡지를 펼쳤다.

에멧이 어깨를 으쓱했다.

"미안해. 뭔가 먹힐 만한 이야기를 해야 했어. 뭐, 저 아저씨가 원칙을 깰 만한 거 말이야."

"뭐라고 했는데?"

"우리 부모님들이 우리를 다시는 못 보게 하려고 해서 달아나는 중이라고 했지. 로미오와 줄리엣의 기본 줄거리에 따라서."

"그게 먹혔다고?"

"응. 돈을 준 것도 먹혔고."

나는 시계를 보았다. 우리 버스는 10분 안에 떠날 참이었다.

"로빈."

에멧이 나를 바라보며 마주 섰다.

"정말 나랑 가도 괜찮겠어? 정말 너도 가고 싶은 게 확실해? 지금이라도 당장 돌아갈 수 있어. 나는 다시 돌아가서 돈을 모을 수 있어. 잠시 동안 헛간 다락으로 돌아가 지낼 수도 있어. 필요한 기간만큼."

나는 아직 도망갈 시간이 남았는지 보려고 시계를 본 게 아니었다. 우리 모험이 진짜 시작하기까지 얼마나 남았는지 알고 싶어서였다.

"가고 싶어, 에멧. 진짜로, 정말로."

에멧이 내게 더 가까이 몸을 들이밀고는, 어깨로 나를 살짝 밀쳤다.

"좋아. 나도 그렇거든."

35. 나를 보내 줘

늦은 밤 출발하는 버스에 올라타는 줄은 생각보다 길었다. 이 모습은 내가 사는 곳에 대해 지녔던 의구심을 더 확고히 굳혀 주었다. 사람들은 이곳에 단지 들렀다 갈 뿐, 정착하지는 않는다는 사실.

우리의 가짜 아버지 뒤로 사람들이 몇 명 서 있었고, 우리는 그 뒤쪽으로 가서 섰다. 모두 서서 기다리자, 제복에 모자를 쓴 차림의 운전사가 나왔다. 운전사가 두 손을 모아 입에 대고 외쳤다.

"신사 숙녀 여러분, 11시 15분 샌프란시스코행 버스에 잘 오셨습니다. 버스는 곧 출발할 예정입니다. 손에 차표를 들어 주세요. 안전사고를 예방하기 위해서 차에 오르기 전에 가방을 모두 확인하겠습니다. 속히 조사할 수 있도록 협조

부탁드립니다."

나는 얼굴에서 핏기가 사라지는 것을 느꼈다.

"아, 하느님 아버지. 이런, 안 돼."

"왜 그래?"

에멧이 내 팔꿈치를 잡았다.

"허밍."

나는 등에 멘 가방을 가리켰다.

우리는 서로 가만히 바라보며 서 있었다. 뭔가 뾰족한 수가 떠오르지 않았다. 남은 술책은 하나도 없었다. 원칙은 뻔했다. 열린 버스 문 위에 붙은 커다란 표지판에 이런 문구가 있었다.

'셔츠와 신발은 반드시 착용해야 합니다. 술, 총기, 동물은 절대 소지 불가합니다. 저희는 어떤 승객이든 탑승을 거부할 권리가 있습니다.'

에멧이 줄 밖으로 나를 끌고 나갔다.

"오늘 밤은 못 가겠다."

"오늘 밤에 가야 해. 오늘 밤뿐이야. 또 이렇게는 못 해."

에멧은 나를 터미널 밖으로, 바깥쪽 거리로 데리고 갔다. 나는 시원한 밤공기를 가슴에 가득 채웠다.

내가 이곳에 있는 건 허밍 덕분이었다. 허밍이 나를 에멧에게 이끌었고 에멧이 이 순간까지 나를 이끌었다. 개업식을 하던 날 밤, 머치닉 할머니가 허밍을 내게 보내 주었다. 내게 친구가 필요한 듯이 보였기 때문에. 그리고 이제 내게 친구가 하나 생겼다. 진짜 친구가.

나는 보도에 가방을 놓고 지퍼를 열어 허밍을 우리에서 꺼냈다. 허밍은 행복하게 츳츳츳 소리를 냈다. 나는 허밍의 귀 뒤쪽을 긁어 주었다. 허밍은 내게 나눠 줄 지혜도 없고, 마법도 못 부리고, 말할 수도 없다고 생각했다. 하지만 허밍을 바라보는 순간, 허밍이 속삭이는 소리가 들리는 듯했다.

'나를 보내 줘.'

자전거를 희생하는 것과 별개 문제였다. 이건 내 허밍이었다. 험볼트 포그 장관 각하였다. 허밍 없는 세상을 상상할 수 있을까? 어떻게 내가 허밍을 떠나보낼 수 있을까?

나는 몸을 돌려 터미널 안을 보았다. 줄 절반이 벌써 버스에 올라탔다. 선택할 시간도 얼마 없었다.

"로빈."

에멧이 곧 말을 멈추었다. 더 할 말이 없었다.

나는 건물 옆면으로 돌아 나무가 모여 있고 풀이 베이지 않은 곳으로 갔다. 에멧이 뒤따라왔다.

나는 무릎을 꿇고 마카다미아씨를 꺼내서 손바닥에 올려

놓았다. 허밍은 재빨리 먹어 치웠고, 나는 씨를 한 번 더 꺼냈다.

"험볼트 포그, 넌 훌륭한 쥐였어."

눈물이 흘러내려 풀밭에 떨어졌다.

"내 말을 이해할 수 있다면 잘 들어 줘. 나는 다시 돌아올 거야. 하지만 나를 기다리지 않아도 괜찮아. 가서 너 나름대로 또 다른 삶을 살아도 괜찮아. 너는 훌륭한 쥐야. 친절한 쥐야. 조그마한 철사 우리 안보다 더 넓은 세계를 발견하면 더 행복한 쥐가 될지도 몰라."

나는 손을 뻗어 허밍의 턱 밑을 다시 한 번 만져 보았다. 그런 다음 마카다미아씨를 꺼내, 할 수 있는 한 멀리까지 던졌다. 그러고는 에멧이 허밍에게 가르친 그대로, 허밍이 마카다미아씨를 쫓아가는 모습을 바라보았다.

나는 에멧의 팔을 잡고 버스 터미널 입구 쪽으로 끌었다. 우리가 놀던 대로 허밍이 마카다미아씨를 가지고 돌아오는지 돌아보지 않았다. 내게 돌아오고 있다면 이 사이로 마카다미아씨를 꽉 물고 있을 텐데. 나는 돌아보지 않았다. 언젠가 이 순간을 떠올릴 때, 허밍이 마카다미아씨를 주워서는 길게 자란 풀 사이로 행복하게 멀리멀리 달려가는 모습을 그릴 수 있도록.

36. 깨어 있고 살아 있는

버스가 우리를 태우고 어두운 시골길과 넓지 않은 고속도로를 통과하며 북쪽을 향해 달릴 때, 대체 차들은 죄다 어디로 갔는지 궁금했다. 도로가 어떻게 이토록 텅 빌 수가 있을까? 이렇게 위태로운 일이 많은 때에, 이렇게 많은 일이 일어나는 때에, 깨어 있고 살아 있을 이유가 이렇게 많은 때에 어떻게 사람들은 잠을 잘 수가 있을까?

그리고 어떻게 이 거리들이 텅 비어 있으면서도 꽉 찬 느낌이 드는지 궁금해졌다. 내 마음속에서 극과 극으로 달리는 것은 이뿐만이 아니었다. 나는 슬프면서 기뻤다. 두려우면서 들떴다. 어리면서도 나이 먹은 기분이 들었다.

나는 이마를 창문에 기댔다. 피부에 찬 기운이 느껴졌다.

우리는 오래도록 아무 말도 하지 않았다.

마침내 에멧이 말했다.

"미안해. 정말, 정말 미안해."

나는 얼굴을 창문에 그대로 두었다.

'허밍. 나의 허밍.'

에멧이 내 어깨에 손을 올려놓았다.

"괜찮아질 거지?"

에멧을 돌아봤다.

"그러겠지."

"이번 일이 결국 다 그럴 만한 가치가 있는 일이 되면 좋겠다. 그저 엄청나게 쓸데없는 짓이 되지 않았으면 좋겠어."

나도 그러기를 바랐다. 에멧이 그 샘물을 믿은 게 옳기를, 내 의심이 잘못된 것이기를 바랐다. 그러기를 바랐지만, 어떤 면에서는 뭐가 진짜든 뭐가 정신 나간 꿈이든 아무 상관없었다. 이번 일이 그동안 겪은 일 중에 가장 중요하다는 사실을 에멧에게 어떻게 말할 수 있을까? 그 전설이 진실이든 아니든 중요하지 않다고. 이미 나는 뛰어내린 셈이라고. 나는 모든 걸 무릅썼고, 살아 있다고 느낀다고. 이 한밤중에 에멧과 함께 어두운 버스 안에 앉아 있다는 것만으로도, 내가 포기하고 희생을 치른 그 모든 게 가치롭다는 사실을.

에멧에게는 이 중 어떤 말도 할 수 없었다. 에멧은 그 샘물을 믿었으니까. 그 샘물을 믿어야만 했으니까. 에멧의 삶은 그 믿음에 달려 있었다. 그 점 때문에, 에멧이 내 친구였기 때문에, 나 또한 믿고 싶었다. 우리는 이제 시작일 뿐인 여행길에 올랐고, 마침내 목적지에 다다르면 우리가 사랑하는 사람들을 치유할 수 있으리라 믿고 싶었다. 그리고 나는 그렇게 믿었다.

나는 내 삶에서 치유가 필요한 사람들을 떠올리기 시작했다. 의자 뒤로 몸을 기대고 차가운 창문과는 반대쪽인 에멧 쪽으로 머리를 기울였다. 내가 사랑하는 사람들의 아픔을 가라앉히는 상상을 했다. 그리고 나를 잠으로 이끄는 버스의 흔들림, 어둠, 텅 빈 도로에 몸을 맡겼다.

37. 마술처럼

에멧이 가볍게 쿡 찌르며 나를 깨웠다.

나는 창밖을 보았다. 우리가 탄 버스의 배관과 양옆에 있는 버스들의 배관에서 배기가스가 뿜어져 나오고 있었다. 드넓은 농지와 텅 빈 도로와 어둠은 끝났다.

우리는 거대하고 시끌벅적한 고가도로 아래에 위치한, 보도 주위에는 어제 버린 쓰레기가 나뒹구는 터미널 건물에서 나와 하릴없이 빈둥거렸다.

나로서는 뭐라 말할 수 없이 아름다운 광경이었다. 내가, 새벽녘에, 여기, 샌프란시스코에 있었다. 아빠가 가장 좋아했던 곳.

나는 에멧에게 고개를 돌리고 웃었다.

"좋은 아침이야."

"너로 다시 돌아왔구나."

우리는 버스에서 맨 마지막으로 내렸다. 다른 승객들이 저마다 여러 방향으로 급히 떠날 때, 우리는 뭘 할지, 어디로 갈지 모른 채 잠시 그대로 서 있었다.

우리는 세 시간을 죽치고 있어야 했다.

내가 말했다.

"돈을 더 가져오지 못해서 미안해. 아침을 먹으면 좋겠다. 데이지 아줌마네 같은 작은 식당이 어딘가에 분명 있을 거야."

에멧이 두 팔을 쭉 뻗고 빙빙 돌렸다.

"누가 식당 안에 앉아 있고 싶겠어? 우리가 어디 있나 봐. 이곳에 온 적 있어?"

"어디든 가 본 적 없어."

"그럼 내가 구경시켜 줄게."

"너는 와 본 적 있니?"

"아니. 그래도 나는 관광 가이드를 참 잘하거든."

에멧은 내 팔짱을 꼈고, 우리는 샌프란시스코에 없을 리 없는 물가를 찾으러 갔다. 우리가 어느 방향으로 걸어가든 동서남북 중 세 곳은 물가가 나올 테니까.

우리는 커다란 배들이 있는 거대한 부두를 천천히 돌아다녔다. 모두들 도착하고 출발하고, 오고 가고 있었다. 언제나 집 하면 떠오르던 모습처럼. 에멧과 나조차도 지금은 이곳에 있지만 곧 떠나야 했다. 순간, 그것이 이 세상에 존재하는 유일한 방법처럼 느껴졌다.

하늘은 잿빛 회색에서 하늘빛이 도는 회색으로 천천히 밝아 왔다. 날이 생각보다 추워서, 에멧을 더 가까이 당겨 내 팔을 에멧 팔에 꽉 끼었다.

에멧이 물었다.

"샌프란시스코 하면 뭐가 딱 떠올라?"

'아빠.'

나는 아빠 생각을 했지만 그렇게 대답하진 않았다.

"라이스-어-로니?('라이스-어-로니'는 쌀에 마카로니를 섞은 즉석조리 식품인데 '샌프란시스코식'이라는 광고 문구로 유명하다. - 옮긴이)"

에멧이 웃었다.

"아니, 눈을 감고 이 도시를 상상하면 뭐가 그려지느냐고."

"아마…… 금문교?"

에멧은 나한테서 떨어져 자기 시계를 들여다보았다.

"그렇다면 금문교를 보여 주지. 자, 서두르자."

우리는 물가를 오른쪽에 두고 쭉 걸으며 부두와 잔교를 몇 개 더 지나쳐 갔다. 여러 호텔을 지나고, 커피숍으로 들어갔다 나왔다 하며 분주히 움직이는 사람들을 지나쳤다. 쓰레기 트럭이 쿠르르릉 울리며 지나갔다. 갈매기가 서로 소리를 질러 댔다. 짠 공기가 아침 안개와 뒤섞여 짙게 풍겼다.

"우리가 어디로 가는지 어떻게 알아?"

"뭐, 첫째 물가에서 떨어지지만 않으면 금문교를 꽤 쉽게 찾을 수 있지. 두 번째는 지도를 봐서 알아. 금문교는 샌프란시스코 만 입구에 있거든. 이 도시 북쪽 끝단에 있어."

에멧은 앞쪽을 쭉 가리켰다.

"이쪽 방향이야."

우리가 가던 길 끝에 공원이 나왔다. 공원에는 빨간 지붕을 얹은 건물들이 옹기종기 모여 있었다. 우리는 터널처럼 늘어선 나무 아래를 지나 언덕을 쭉 올라가 꼭대기에 다다랐다. 그러자 우리 앞에 나타났다. 금문교의 절반이.

물 밖으로 쭉 뻗어 올라간 빨간 기둥이 보였다. 몰려든 차량들 사이로 천천히 움직이는 자동차도 보였다. 하지만 다리 나머지 부분, 노래나 시에 영감을 준 커다란 쌍둥이 탑과 굵은 철제들은 두꺼운 안개 장막에 가려져 있었다.

우리는 공원 벤치에 앉았고, 나는 가게 뒷골목에서 가져온 치즈와 빵으로 우리가 먹을 샌드위치를 만들었다. 이걸 내다 놓은 사람은 양념한 아티초크와 붉은 고추도 조금씩 같이 갖다 놓았다. 이것들이 왜 팔 수 없는 것에 속하는지 이해가 가지 않았다. 우리는 다리를 바라보며 묵묵히 음식을 먹었다.

바로 그때, 다리 위쪽 절반 부분이 엷은 공기 속에서 생겨난 듯, 마술처럼 불쑥 모습을 드러내기 시작했다. 처음에는 수채화처럼 희미하고 흐릿하게, 그다음에는 강렬하고 선명하게, 연한 하늘색 하늘을 배경으로 열정적인 빨간색이 나타났다.

그 순간, 나는 그 광경을 내 목록에 넣었다.

가장 기억에 남는 순간 : 마술처럼 나타난 금문교를 바라본 일.

"보여 줄 게 있어."

나는 아빠의 공책을 꺼내어 에멧에게 건넸다. 에멧은 공책을 후루룩 넘겨 보기 시작했다. 에멧에게 이 공책을 보여 주는데, 내가 허밍처럼 벌러덩 누워서 배를 보여 주는 듯한 기분이 들었다. 허밍은 이러한 몸짓으로 내게 말했었다.

'우리는 친구야. 나는 너를 믿어.'

에멧이 말했다.

"정말 멋진데. 이런 걸 가지고 있다니 정말 운이 좋다."

"그렇지?"

"아빠가 너를 위해서 이런 걸 남겨 두셨다니, 정말정말 운이 좋아."

"아빠가 나를 위해서 남기셨다고 생각하니? 나는 쭉 궁금했어. 아빠가 이런 목록을 쓴 이유가, 내가 읽을 수 있게 하기 위해서였는지 말이야."

에멧은 한쪽 눈썹을 올리고는 나를 쳐다보았다.

"우리 아빠는 아무것도 남기지 않으셨어. 주소조차도. 내가 아빠를 잘 알게 되든, 아빠가 자신의 소원을 이루든 말든, 아빠는 상관하지 않는 것 같아. 나는 벌써 아빠를 잊어버리기 시작했다고."

에멧은 내게 공책을 건네주었다.

"하지만 네 아빠는 네가 자신에 대해서 잘 알기를 바라신 거야."

나는 수신이 끝나 치지직거리는 텔레비전 화면 같은 겉표지를 물끄러미 바라보았다. 점들이 눈앞에 떠다녔다. 비통함과 슬픔 속으로 스르르 미끄러지는 듯했다. 그때 에멧이 시계를 보더니 벌떡 일어나서는 내 팔을 잡아챘다.

"지금 뛰지 않으면 버스 놓치겠어."

허둥지둥하는 에멧 목소리를 듣기는 처음이었다.

우리는 잠에서 훨씬 더 많이 깨어난 도시의 해안을 따라 뛰어갔다. 피셔맨스 워프(샌프란시스코 만 연안의 부둣가로 유명한 관광 명소다. – 옮긴이)에 모인 사람들과 샌프란시스코 만 반대쪽에서 서류 가방을 가지고 이쪽에 도착한 남자들 무리를 손으로 휘저으며 지나갔다.

나는 버스 터미널을 어떻게 다시 찾을지 몰랐지만, 에멧은 여러 거리를 지나며 길을 거슬러 갔다. 우리는 열심히 달리면서 내가 중요하게 여겼던 모든 규칙을 죄다 어겼다. 심지어 빨간 불일 때도 길을 건넜다. 우리는 버스가 문을 막 닫으려는 순간에 도착했다.

우리는 버스에 올라타서 자리에 쓰러지듯 앉았다. 우리가 숨을 가다듬었을 즈음, 버스는 두 탑과 굵은 철제들 아래를 지나며 금문교를 건너고 있었다.

38. 네가 여기 있으니까

에멧이 조사한 바에 따르면 윌콕스는 샌프란시스코 북쪽에서 두 시간 반밖에 안 걸린다고 했는데, 버스는 우리를 태우고 다섯 시간을 달렸다. 외딴곳으로 가는 버스를 타면 이렇게 되는 법이다.

우리는 여러 포도밭과 공장을 지나, 언덕을 올라 계곡을 뚫고, 다 쓰러져 가는 현관에 99센트짜리 맥주를 약속한다는 간판을 단 술집과 하얀 물막이 판자를 댄 교회들을 지나갔다. 또 고급스런 레스토랑들이 있는 마을과 그저 주유소와 철물점밖에 없는 마을을 지나갔다.

샌프란시스코 북쪽에 고속도로가 없는 것 같지는 않았다. 사실 하나가 있었는데 대략 30분쯤 달린 것 같았다. 하지만 윌콕스로 가는 직행버스 같은 건 없었다.

우리는 여러 시간 동안 이야기꽃을 피웠고, 에멧은 동생 이야기를 들려주었다. 에멧이 전설을 뒤쫓는 모습을 보고도 꼬마를 얼마나 사랑하는지 잘 모르겠다면, 동생 이름을 입에 올릴 때 에멧 표정이 어떻게 되는지를 보면 된다. "데이비드."라고 말하는 순간 에멧의 두 눈이 반짝이고 만화 주인공 같은 웃음은 더욱 커지니까.

우리가 아무 말도 하지 않을 때면, 나는 푸른 언덕을 바라보며 엄마 생각을 했다. 골치 아픈 일이 생기면 머리카락을 잡아당기는 통에 머리가 삐죽삐죽 나와 있는 모습을 떠올렸다. 엄마가 서성이는 모습을 떠올렸다. 앉아 있지도 못하는 모습을. 먹지도 못하는 모습을. 스우지 아줌마 품에 푹 묻힌 엄마의 가냘픈 몸을 떠올렸다. 플레처 멜처가 엄마 어깨에 팔을 두르고, 엄마가 그에게 기대어 있는 모습까지 상상했다. 그런데 그런 상상이 불쾌하지 않았다. 엄마에게 잘된 일이라는 생각에 기뻤다.

나는 두 눈을 감고 엄마에게 평온함을 보내려고 애썼다. 서로에게 이어진 실이든 무엇이든 찾아서 텔레파시로 엄마에게 메시지를 보내려고 애썼다. 나는 잘 있다고, 나는 안전하다고.

'걱정하지 마요, 엄마. 저 혼자서 해 나갈 수 있어요.'

운전수가 외쳤다.

“윌콕스입니다! 윌콕스 도착입니다!”

내가 뭘 기대했는지는 몰라도 이것보다 덜하지는 않았다. 텅 빈 도로가 길게 이어진 가운데 ‘거스네 잡화점’ 하나만이 그 길에 끼어들어 있었다. 벤치 하나가 가게 앞에 놓여 있어 버스 정류장을 나타내었다.

두말할 필요도 없이 그 벤치에서 버스를 기다리는 사람은 아무도 없었다. 눈길이 닿는 범위 안에서 사람 모습은 코빼기도 보이지 않았다. 운전수가 버스 정류장 이름을 우렁차게 외치지 않았다면 그냥 지나칠 뻔했다.

우리는 운전수에게 고맙다는 인사를 하며 버스에서 내렸다.

운전수가 고개를 끄덕이며 말했다.

“행운을 빈다.”

운전수가 레버를 당기자 우리 뒤에서 쉬익 소리와 함께 버스 문이 닫혔다.

운전수는 우리에게 왜 그런 말을 했을까? 우리가 행운이 필요한 사람처럼 보였나? 우리 얼굴에 희망에 대한 절박함이 쓰여 있기라도 했을까? 아니면 피곤해 보여서? 반쯤 빈 배낭 때문에?

우리는 벤치에 앉았고, 에멧은 지도와 나침반을 꺼냈다.

나는 거스네 잡화점을 애절하게 쳐다보았다. 굿 뉴스 초코바 하나를 얻을 수 있다면 뭘 못하겠느냐마는 대신에 남은 프랑스빵을 꺼내 반으로 잘랐다.

"이 지도가 믿을 만하다면 8킬로미터는 족히 걸리겠어. 더 걸릴지도 모르고."

에멧은 이로 빵을 잘라 먹었다. 빵은 하루 지난 빵에서 이틀 지난 빵이 되었다. 그래서 돌처럼 딱딱했다.

내가 말했다.

"적어도 아름다운 곳이긴 하다."

덤불은 먼지 쌓인 빨간색 꽃을 피웠는데, 꼭 깃털처럼 기다랗고 보들보들했다. 농지와 산비탈은 노랑에 가까운 옅은 초록에서 짙푸른 초록까지 다양한 초록빛을 띠었다. 새 한 마리가 머리 위를 날았다. 양 날개의 맨 윗부분이 빨간색인 것만 빼면 모두 검은색을 띤 새였다. 빠르게 흐르는 개울 소리 너머로는 아무 소리도 들리지 않았다. 우리가 바다에서 멀리 떨어져 있다는 사실을 빼면 중심 해안에서 봐 온 풍경과 크게 다를 것도 없었다. 그래도 내가 처음 와 본 낯선 곳이라는 사실만으로 내게는 아름다워 보였다.

나는 태양을 향해 얼굴을 들고 몸이 따뜻해지도록 햇볕

을 쬐었다.

에멧이 물었다.

"거스 씨가 우리 물병에 물을 채워 주실 만큼 너그러운 분이실까?"

"어쩌면. 우리가 진짜 예쁘게 웃어 보인다면."

"네 웃음이면 충분할 테니까 식은 죽 먹기겠군."

나는 따뜻해진 얼굴이 뜨거워지는 것을 느꼈다.

잡화점 안에서 탄 커피 냄새가 났다. 거스네 잡화점에 거스 씨는 없고, 릴라라고 하는 십 대 여자아이가 있었다. 릴라는 청바지를 자른 반바지에 격자무늬 플란넬 셔츠 차림이었는데, 사람과의 접촉이 전혀 없는 긴긴 여름날이 그렇듯 특유의 지루함이 묻어났다. 릴라는 뒤에 있던 수도꼭지를 틀어 우리 물병을 채워 주었다.

우리는 고맙다고 말했고 릴라는 어깨를 으쓱했다. 릴라는, 서로 모르는 게 없이 지내는 듯한 그 마을에 온 낯선 사람에 대해서도, 우리 둘이 뭘 할지에 대해서도 특별히 관심을 갖지도 않았고 호기심도 없어 보였다.

우리는 도로를 걸어가기 시작했다. 천 킬로미터는 걸은 듯한 기분이 들었다. 말할 필요도 없이, 엄마가 줄기차게 지적했듯, 내가 운동을 거의 안 했기 때문이다. 마침내 우리는 오른쪽으로 방향을 틀어 비포장도로에 들어섰다. 우리는 여러 집과 농장 사이를 지나갔다. 모든 게 너무 멀리 떨어져 있어서 왜 사람들한테 그토록 많은 땅이 필요한지 궁금할 지경이었다. 그렇게 넓은 공간이 사람들을 갈라놓으면 이웃이 누구인지, 주민들은 누구인지 어떻게 알 수 있단 말인가?

에멧이 지도를 노려보며 말했다.

"내가 생각했던 것보다 멀어 보이는데."

우리는 나무 그늘 밑에서 걸음을 멈추었다. 나무줄기는 성기지만 조그만 초록 잎이 충분히 우거진 나무였다. 우리는 물을 마셨다. 나는 저 멀리에 있는 소들을 보았다. 크고 짙은 갈색 소였다. 심술궂어 보이는 소들이 나무 울타리가 쳐진 도로 쪽에만 머물고 있어서 다행이었다.

"해 질 무렵까지는 도착해야 해. 우리가 뛰어내려야 하는 순간이 그때니까. 전설처럼, 해가 질 무렵에."

에멧이 하늘을 올려다보았다.

"아직 시간은 있어."

나는 지쳐 있었다. 잠을 많이 못 잤다. 때때로 기절하기 직전에 안개 속에서 또렷한 생각이 떠오르듯이, 뭔가가 문득 떠올랐다.

"에멧, 너는 수영을 못하잖아."

에멧이 나를 쳐다보았다.

“해변에 갔던 날에 그랬잖아. 만에 있을 때 서핑 보드 테이블 앞에서. 나한테 수영하는 법을 알려 달라고 말이야.”

“맞아. 난 수영 못해.”

“그러면 어쩔 셈인데?”

에멧은 특유의 그 표정을 지었다. ‘어쩜 그렇게 빤한 질문을 할 수 있니?’ 하는 표정.

“너를 꼭 잡지.”

“내가 안 왔으면? 너 혼자 왔으면 어떻게 하려고 했어? 내가 여기 없었다면?”

에멧은 손을 뻗더니 내 얼굴에 흘러내린 머리카락을 잡아 귀 뒤로 넘겨 주었다. 엄마가 늘 해 줬듯이. 그러나 엄마와는 전혀 다른 느낌이었다.

“하지만 네가 여기 있잖아.”

에멧이 말했다.

“구명조끼가 있지만 가져오지 않았어. 네가 여기 있으니까.”

39. 꼭 붙잡아

기적의 샘이 있는 소유지 가장자리에 다다랐을 무렵, 에멧이 바란 것보다 더 해 질 녘에 가까워 있었다. 에멧의 더 빨라진 걸음걸이나 손가락으로 허벅지를 계속 두드리는 모습을 보고 알 수 있었다. 우리는 여러 줄로 쳐진 가시철사에 다치지 않고 들어갈 수 있는 틈새를 찾아 울타리 주위를 쭉 걸었다. 그러다 마침내 소유주가 걷거나 말을 탄 채 드나드는 게 틀림없는 나무 문을 발견했다. 이어지는 입구와 통로는 어떤 차량도 드나들 수 없을 정도로 좁았다.

문은 당연히 잠겨 있었다. 그리고 표지판이 있었다.

'무단출입 금지. 위반 시에는 고발하여 법에 따라 엄벌에 처하겠음. 바로 당신한테 하는 소리임.'

나는 이미 가늠할 수 있는 깊이를 넘은 기소에 맞서는 중이었다. 이 땅의 법보다 더 강력한 우리 엄마의 법에 대해서 말이다. 그러니 이 표지판은 내 기대보다 그리 위협적이지는 않았다.

내가 문 위로 넘어가도록 에멧이 들어 올려 줄 때는 내 긴 다리도 쓸모가 있었다. 에멧이 뒤따라 넘어왔다.

마침내, 우리는 이곳에 있었다. 길에서 벗어난 곳에. 이 땅에. 전설이 태어난 곳에서 가까운 지점 어딘가에.

에멧은 나침반을 물끄러미 바라보았다. 그러고는 지도를 뚫어져라 바라보았다. 두 눈이 둘 사이를 휙휙 왔다 갔다 했다. 에멧은 야생화들이 점점이 피어 있는 키 큰 풀을 헤치고 걸어가기 시작했다.

태양은 우리 앞에서 벌써 산 뒤로 미끄러지기 시작했다. 하지만 산이 높아서 그런 것일 뿐, 진짜 어두워지려면 아직 시간이 남아 있었다.

우리는 확 트인 들판을 걸어갔다. 언덕을 올라가고 다시 내려갔다. 나무 그늘로 들어갔다가 나왔다. 개울까지 헤치고 건너야 했다. 나는 나 자신을 완전히 내려놓았다. 그저 따라가는 것이 자유로웠다. 누군가를 믿는다는 것이. 지배권을 내어 주는 것이.

마침내 에멧이 멈춰 섰다. 우리는 산비탈의 굽이진 길을 막 돌아서서, 낯익어 보이는 길 위에 있었다. 하지만 나는 주위가 온통 자연으로 둘러싸여 있어서 똑같아 보이는 것뿐이라고 생각했다.

에멧이 말했다.

"우리는 뱅뱅 돌고 있어."

에멧은 지도를 구기더니 내팽개쳐 버렸다. 아주 멀리 떨어지지는 않았다.

"어떻게 해야 할지 모르겠어. 아주 가까이에 있어. 그런데 어떻게 찾아가야 할지 영 모르겠어."

에멧은 쓰러진 나무 위에 앉았고, 나도 그 옆에 앉았다.

에멧은 두 손으로 머리를 감쌌다.

"어떻게 해야 할지 모르겠어."

나는 온천지가 없을 가능성도 있는 건 아닌지 묻고 싶었다. 그 친절한 사서와 마이크로피시가 틀린 건 아니냐고. 순간 돌 자루를 떠올렸다. 나는 에멧을 가라앉히는 돌 자루가 되고 싶지 않았다. 에멧의 구명조끼가 되고 싶었다.

나는 에멧의 어깨에 가만히 손을 올려놓았다. 우리는 하늘이 어둠 쪽으로 한 눈금 살짝 더 옮겨 가는 모습을 바라보았다.

그때 발소리가 들렸다. 나는 커다란 짐승이, 어쩌면 아까 본 화나 보이던 소들 중 한 마리가 모퉁이를 돌아 우리 앞에 나타난 것이리라 생각하고 몸에 힘을 주었는데, 남자 한 명이 나타났다. 큰 키에 호리호리하고, 튼튼한 등산화를 신고, 잿빛 콧수염에 까만 선글라스를 쓴 차림새였다.

남자가 말했다.

"이봐, 이봐, 너희 꼬마들!"

남자는 우리를 향해 더 빠르게 걸어오기 시작했다. 나는 차라리 소가 나타났기를 바랐다. 우리는 분명 소보다는 빨리 달릴 수 있을 것 같았다. 하지만 적대감으로 가득 차 보이는 이 남자한테서 달아날 길은 아무 데도 없었다.

우리는 자리에서 일어섰다.

"너희는 글 읽을 줄 모르냐? 여기는 사유지란 말이다. 너희는 내 사유지에 들어와 있다고."

에멧이 말했다.

"죄송합니다. 길을 잃었어요."

"가시철사 울타리 안에서? 난 아니라고 보는데. 너희는 내 땅에 있어. 이 길은 내 길이야. 누구의 방해도 받지 않고 오후 산책하기를 좋아하는 내가 소유한 길이라고. 너희가 내 하루를 제대로 망쳤어."

남자는 선글라스를 벗어 셔츠 주머니에 꽂았다. 남자의

창백한 잿빛 눈동자를 보자 남자가 덜 무섭게 느껴졌다.

남자는 엉덩이 위로 손을 짚었다.

"그래, 대체 여기 왜 왔니? 응? 내 멕시코산 아보카도 때문에? 내가 기르는 가축과 즐겁게 놀려고? 아니면 너희 부모님 몰래 맥주 마실 곳을 찾고 있니?"

내가 말했다.

"다 아니에요."

"그럼?"

나는 에멧을 쳐다보았다. 에멧이 아주 오래도록 비밀을 간직해 와서, 금세 진실을 말하고 싶지는 않으리라 생각했다. 내가 에멧에게 고개를 끄덕였다.

'말해. 아저씨한테 말해. 우리가 여기 왜 왔는지 말해.'

"우리는 온천지를 찾고 있어요."

에멧이 운동화를 쳐다보며 말했다.

"우리 아버지가 읽어 주시던 전설에 나오는 온천지요. 샘이요. 마을 사람들을 고쳐 준 기적의 물이요."

남자가 한숨을 깊이 내쉬었다.

"아, 그거."

어쩌면 그의 소유지로 기적을 찾아 가출한 아이들이 우리가 처음이 아닐지도 모른다. 어쩌면 이번은 우리 차례였고,

내일 우리 같은 아이들이 또 있을지 모른다. 어쩌면 모두가 기적을 찾고 있는지도 모른다.

남자가 말했다.

"여기서 멀지 않아. 서쪽이야. 서쪽으로 계속 가. 이 길을 다시 내려가서 계곡까지 가. 개울을 따라가다 보면 얼마 지나지 않아서 냄새를 맡을 수 있을 거야."

에멧은 고개를 들고 태도가 상당히 부드러워진 남자를 쳐다보았다.

"정말이에요? 샘이 여기 있어요? 전설에 나오는 그 샘이요?"

"사람들이 그렇게 말하더구나, 녀석."

"그럼 진짜예요? 효과가 있어요? 정말 기적의 물이에요?"

남자는 콧수염을 긁적였다.

"잘 모르겠는걸. 네가 할 수 있는 일은 직접 가서 알아보는 거지. 어서 가거라. 내 길에서 사라지라고. 개울을 따라가거라. 온천지를 찾아. 그리고 다 찾은 뒤에는 부디 내 소유지에서 나가 주렴."

에멧이 말했다.

"네, 그럴게요. 감사합니다."

남자는 고개를 끄덕이고는 우리 앞으로 몇 걸음 더 가더니, 몸을 숙이고 에멧이 구긴 지도를 누가 무심히 버리고 간 사탕 껍질 모으듯이 주웠다. 남자는 지도를 겨드랑이에 끼고 모퉁이를 돌아 시야에서 사라졌다.

우리는 달리기 시작했다. 계곡 바닥까지 언덕을 내려갔다. 개울가를 따라 죽 뛰어갔다. 우리는 서쪽으로 지는 해를 쫓았다.

나는 남자가 곧 냄새를 맡을 거라는 말이 무슨 뜻인지 생각할 겨를이 없었다. 그런데 야생화가 피어 있고 꽃이 핀 나무들이 있는 계곡을 벗어나니, 썩은 달걀 냄새가 풍겼다. 가던 길을 멈출 만큼 냄새가 심했다.

"이런. 뭐가 죽었나?"

나는 소매 끝을 잡고 코를 막았지만 에멧은 깊이, 맛깔나게 숨을 들이쉬었다. 에멧이 갑자기 씩 웃었다.

"유황이야. 가까이 온 게 분명해."

정말 가까이 있었다. 우리 앞에 나무들이 빽빽이 모여 있었다. 마치 무언가를, 이 세상이 몽땅 먹어 치울지도 모를 무언가를 보호하듯이. 그 나무들 사이로 백 걸음도 안 가 샘이 나타났다. 검은 물에서 김이 피어올랐다. 옆쪽에 보이는 바위. 우리가 뛰어내릴 곳.

내가 상상한 것보다 더 작고 덜 웅장해 보였다. 나는 내가 하와이에 가는 환상과 이 샘물을 찾는 상상을 혼동했다고 생각한다. 내가 다다르기를 고대한 이 머나먼 곳에 엽서에나 나올 법한 경치가 펼쳐지리라 혼자 굳게 믿었던 거다. 야생화가 흩어져 있는 계곡은, 뒤엉킨 나무들 사이에 숨은 검고 냄새나고 김이 나는 물구덩이보다 훨씬 더 아름다웠다.

에멧의 두 눈에 눈물이 가득 고였다.

에멧이 속삭였다.

"찾았어."

에멧은 신발을 벗었다. 셔츠를 벗었다. 그 와중에도 나는 에멧의 부드러운 살결과 마른 몸통에서 비집고 튀어나올 것 같은 단단한 근육에 감탄했다. 양쪽 겨드랑이 밑에 있는 털 부분도.

에멧의 땀 냄새와 유황 냄새가 뒤섞였다. 흙내 같은 자연의 냄새였다. 삶의 냄새.

에멧은 바위 위로 재빨리 올라갔다.

에멧은 나를 내려다보며 손을 내밀었다.

나는 앉아서 신발 끈을 풀었다. 탱크톱 위에 입은 스웨터와 긴팔 티셔츠를 조심히 벗었다. 벗은 옷은 단정히 접어 돌돌 말아 놓은 양말 옆에 두었다. 나는 천천히, 조심스레 나아갔다. 조심하기 위해서가 아니라, 이 순간을 영원토록 지속하고 싶어서.

나는 바지를 무릎까지 접어 올렸다.

그리고 바위에 기어올라 에멧 옆에 서서, 에멧이 내민 손을 잡았다.

에멧이 말했다.

"고마워. 백만 번 고마워."

에멧은 다른 손으로 눈물을 훔쳤다.

"네가 없었다면 여기까지 오지 못했을 거야."

내가 말했다.

"잊지 마. 꽉 잡아."

에멧이 고개를 끄덕였다.

우리는 잠시 서 있었다. 서로의 손을 꽉 잡은 채. 에멧은 집중하고 있었다. 기도하고 있었다. 바라고 있었다. 꿈꾸고 있었다. 에멧은 기적을 간절히 구하고 있었다.

나도 눈을 감았다.

나는 닉이 침대에 누워 있는 모습을 떠올렸다. 닉이 그린 서핑 보드 스케치를. 스우지 아줌마와 아줌마의 포옹마다 깃든 사랑을 떠올렸다. 엄마와 스웨터가 가득하던 옷장과 그곳에 엄마가 숨긴 비밀을 떠올렸다. 기다란 계산서도, 장부도, 새로 꽃피운 사랑도, 엄마의 인생도. 그리고 내 삶을 떠올렸다. 8학년의 시작을, 또다시 시작할 방식을, 진짜 친구 찾기를.

잘 모르는 사이였지만 데이비드를 떠올렸다. 에멧의 아버지도 에멧의 어머니도. 나는 이들이 함께 있는 모습을 상상했다. 행복한 모습을. 희미한 웃음소리가 들렸다.

에멧이 내 손을 더욱 꽉 잡았다. 나는 눈을 떴다. 에멧이 나를 바라보고 있었다.

"준비됐어?"

나는 고개를 끄덕였다.

"됐어."

"꽉 잡고 있을게. 잊지 않고."

우리는 바위 끝으로 걸음을 옮겼다. 우리는 한참 동안 서로를 쳐다보았다.

그런 다음 뛰어내렸다.

40. 에필로그

저마다 첫 키스를 떠올려 보면, 5번 고속도로 옆 76번 정류장이나, 대형 트럭이 지나가는 소리나, 화가 잔뜩 난 두 어머니의 이글거리는 눈동자 네 개 같은 것과는 아무 관련 없을 것이다. 그리고 내 입술과도 아무 관련 없었으니, '진짜' 첫 키스조차도 아닌 셈이다. 에멧은 내 눈 사이에 키스를 했으니까. 전설 속 큰아들이 삶에 가까스로 매달려 있는 여인, 곧 자신의 신부가 될 여인에게 해 준 키스처럼. 나를 떠나지 말라고, 스르륵 사라지지 말라고, 내가 모든 것을 바로잡겠노라고 말하는 키스처럼.

또한 그 키스는 이별의 키스가 되었다. 에멧을 보는 마지막 순간이었다.

우리가 흠뻑 젖은 채 물가에 앉아 몸을 떨면서, 발만 김이 나는 물속에 담가 달랑거리고 있을 때, 나는 에멧이 키스할지도 모른다고 생각했다. 점점 가까워지다가 마침내 첫 입술이 닿으리라 늘 상상하던 모습 그대로, 우리는 서로의 눈을 바라보았다. 하지만 에멧은 딱 그렇게만 했다. 우리는 서로 바라보았다. 서로의 마음속까지. 두 손은 여전히 꼭 붙잡은 채로.

그날 밤, 춥고 습기 찬 숲에서 걸어 나올 때, 우리가 무엇을 했는지, 두 눈을 감고 감히 바란 기적들이 어느 하나라도 이뤄질지 확실히 알 수 없을 때, 날은 이미 어두워져 있었다. 하늘은 캄캄하고 별들이 가득했다. 피곤하고, 배고팠고, 유황 냄새는 구렸다. 하지만 나는 완전한 행복감을 느꼈다.

거스네 잡화점에서 릴라의 도움으로 엄마한테 전화를 걸었다. 엄마는 채찍이라도 마구 휘두를 기세였지만 목소리에서 안도감이 느껴졌다. 나는 안전했다. 내 전화로 엄마의 가장 끔찍한 악몽은 끝났다.

엄마는 내게 에멧네 집 전화번호도 물었다. 엄마는 그 어떤 엄마도 자신이 지난 스물네 시간 동안 겪은 일을 당해서는 안 된다고 했다. 나는 수화기를 손으로 막고 에멧에게 전화번호를 물었다. 에멧은 카운터에서 펜을 가져와 내 손바닥에 썼다. 나는 엄마한테 큰 소리로 번호를 불러 주었다.

엄마가 말했다.

“한 발자국도 움직이지 마. 최대한 빨리 갈 테니까.”

엄마는 전화를 끊고 내가 불러 준 번호로 에멧 집에 전화를 건 뒤, 차에 올라타 밤을 가르며 달렸다.

릴라는 탄산음료와 끈적끈적한 육포와 작은 빨간 막대로 퀴퀴한 과자에 발라 먹는 크라프트 스프레더블 치즈를 주었다. 하지만 결국 가게 문을 닫을 시간이 와서, 서서히 다가오는 추위에 몸을 감싸도록 릴라는 담요 몇 장을 찾아 주고는 우리를 가게 앞 벤치에 남겨 두고 떠났다.

엄마는 새벽 3시에 도착했다. 헤드라이트를 끄거나 차 문을 닫지도 않았다. 아직 시동이 걸려 있는 차에서 뛰어내렸고, 쏜살같이 달려와 나를 와락 안았다. 엄마는 뒤쪽으로 몸을 빼고 내 얼굴을 쳐다보았다. 그리고 내 볼을 어루만졌다. 이 모든 일에도 불구하고, 에멧에게 팔을 뻗어 에멧도 어루만져 주었다. 에멧은 아직 어린아이였고 엄마는 여전히 엄마였다.

“차에 타.”

엄마는 화를 내며 말했지만, 그런 뒤에는 친절한 태도로 차 뒷문을 열어 주었다. 엄마는 이유는 몰랐을지언정 우리가 이 마지막 순간에 함께 있어야 한다는 걸 알았다. 우리는 다리가 맞닿은 채 나란히 앉았고, 서로의 숨소리를 들었다. 에멧은 손을 내밀어 다시 내 손을 잡았다. 그러고는 샌프란시스코와 로스앤젤레스 중간 지점의 고속도로 분기점에 다다를 때까지, 장장 다섯 시간 동안 손을 놓지 않았다. 엄마가 에멧의 엄마와 만나기로 약속한 곳이었다.

에멧과 내가 서로 반대 방향으로 달릴 차에 올라타 침묵 속에서 슬프게 손을 흔들던 때까지, 엄마는 내게 한 마디도 하지 않았다.

이야기는 나중에 쏟아졌다. 내가 가출 소년을 어떻게 협조하고 방조했는지에 대한 분노와 힐책. 나는 아직 준비되지도 않은 일을 에멧이 내게 하도록 내버려 둔 것은 아닌지 하는 질문. 어떻게 나 스스로 위험한 일에 뛰어들었는지 하는 질책. 엄마의 안내 없이 항해하기에 세상이 어린 나한테 얼마나 위험한 곳인지에 대한 재확인.

그런 다음 엄마는 마침내 말을 멈추고 내가 왜 가출했는지 진심으로 귀담아듣고는, 이해해 주었다. 오랫동안 믿을 만한 꼬마로 지낸 끝에 왜 내가 그렇게 무모한 짓을 하러 가 버렸는지. 그토록 정신 나간 짓을 하러, 그토록 완전히 비논리적인 짓을 하러.

나는 엄마한테 말했다. 왜냐하면 믿고 싶었기 때문이라고.

집으로 돌아온 뒤 처음 두 주 동안은 날마다 버스 정류장으로 가서 허밍을 찾았다. 마카다미아씨 한 봉지를 가지고 가서 풀밭에 앉아 던지고, 던지고, 또 던지며 기다렸다. 그 중 어느 하나를 이빨로 물고 내게로 뛰어올 허밍을 기다렸다. 하지만 허밍은 나타나지 않았고, 마침내 버스 정류장에 가기를 그만두었다.

에멧의 전화번호는 여러 날이 지나도록 손바닥에 남아 있었다. 알고 보니 에멧이 그날 밤 집어 온 건 잘 지워지지 않는 매직펜이었다. 하지만 나는 허밍을 찾으러 버스 정류장에 가지 않기로 한 것과 똑같은 이유로 에멧에게 전화하지 않았다.

나만의 결말을 만들어 내기는 훨씬 더 쉬운 일이었다. 엄마가 늘 우리 아빠의 심장이 멈췄다고 말하듯이, 아빠의 몸이 모든 삶을 끝냈다고 말하는 방식으로. 젊은 몸뚱이를 단 몇 달 내에 파괴시키는 질병 때문에 아빠가 공포나 고통 속에 죽었다는 사실을 내가 알 필요가 없게 한 방식으로.

나는 허밍이 더 나은 삶을 발견했다고 상상하는 길을 택했다. 데이비드가 들을 수 있고 이해할 수 있고, 에멧이 들려주는 야만인 코난 이야기에 웃기까지 한다는 상상을 하기로. 아버지가 가족과 함께 살러 돌아왔다고, 그리고 돌아오는 봄에는 온 가족이 뒷마당에 오이를 심을 것이라고.

나는 기적을 믿는 길을 택했다.

이제 나는 열아홉 살이고, 머지않아 금문교가 갑자기 나타나는 마술을 보고 싶은 날이면 어느 날이고 볼 수 있을 것이다. 버클리에 있는 캘리포니아 대학은 다른 다리 건너에 있지만, 샌프란시스코는 내가 가고 싶을 때면 언제나 갈 수 있을 만큼 가까운 도시이다. 걸어갈 수도 있고, 그 벤치를 찾을 수도 있고, 거기에서 빵 조각을 뜯어 먹을 수도 있다. 왠지 자주 그럴 것 같다.

엄마는 아직도 유클리드 거리에서 가게를 운영한다. 엄마는 시대를 앞서 살았고, 나머지 세상이 마침내 엄마를 따라잡았다. 치즈 가게는 이제 마을에서 번창한, 미식가들이 찾는 몇몇 가게 중 하나가 되었다. 아무나 붙잡고 물어봐도 다들 엄마 가게가 단연 최고라고 말할 것이다.

엄마는 아직도 해변에 있는 조그마한 집에서 살지만, 나를 협박하여 내 방을 요가실로 바꾸고는 아무도 들어오지 못하게 했다. 자기 남편 플레처까지도 말이다. 내가 그분을 전혀 몰랐을 때 아주 나쁘게 생각했던 점에 대해 정식으로 사과를 해야 했던 분. 그분은 엄마한테 부족함 없는 사람이었을 뿐만 아니라, 내게도 그랬다. 쉽지 않기 마련이라는 내 사춘기 시절 동안 말이다.

닉은 마침내 대학에 합격했다. 일터로 돌아온 뒤로 엄마한테 들들 볶여, 마지못해 대학 지원서를 작성하기까지 1년이 더 걸렸지만. 내가 보기에는 그저 엄마 입을 다물게 하려는 생각이었던 것 같다. 대학에 갔으나 엄마와는 바다를 사이에 두게 되었다. 닉과 베카는 내년 5월에 하와이 대학을 졸업한다. 둘은 호놀룰루에 남기로 했고, 언젠가 그곳에서 서핑 가게를 열기를 꿈꾸고 있다. 닉이 노력을 게을리하는 건 아니지만, 아직 외다리 서핑 보드를 타기에는 무리가 있다. 굿 뉴스 초코바를 하와이에서만 살 수 있게 된 뒤로, 가끔 닉이 굿 뉴스 초코바를 한 상자씩 보내 준다.

내가 아직 하와이에 가지 않았다는 게 믿어지지 않는다. 나는 아직도 하와이에 가기를 꿈꾸고 있고, 언젠가는 반드시 갈 거다.

기적은 천천히 일어난다. 하룻밤에 이뤄지는 일이 아니다. 바위에서 한 번 뛰어내렸다고, 온천지에 뛰어들었다고 이뤄지지는 않는다.

기적을 더 이상 믿지 않겠다고 생각하던 나날이 있었다. 기적을 믿기에는 내가 너무 커 버렸다고 믿었던 순간이. 바로 그 순간, 또 하나의 기적이 일어났다.

우편함을 살펴보다가 에멧이 보낸 편지를 발견했다.

보낸 사람 주소는 없었지만, 편지를 열자마자 에멧이 보낸 편지임을 알았다. 나는 봉투에 손을 넣고 완벽하게 접힌 종이학을 꺼냈다.

많은 시간이 흘렀지만, 네 덕분에 모든 게 나아졌다는 사실을 알려 주고 싶었어.

그래서 고마워.

날 먹여 줘서.

내가 가려던 곳을 찾도록 도와줘서.

네가 그토록 사랑하던 친구를 보내면서까지 나와 함께 가 줘서.

내가 물에 빠져 죽지 않도록 손을 꼭 잡아 줘서.

내가 종이로 나만의 새를 접을 수만 있다면, 그 새를 세상으로 보내 에멧에게 가는 길을 찾을 수만 있다면. 아니, 수년 전 손바닥에서 전화번호를 지우지 않았다면 수화기를 들어 에멧에게 전화를 걸 텐데.

내 목소리가 들리니, 에멧 크레인?

너는 내 첫 번째 친구였어. 내가 진실로 알고 지낸, 또 나를 알아준 첫 번째 사람. 그래서 내가 하고 싶은 말을 네가 그대로 한 게 하나도 놀랍지 않아.

고마워.

너는 내가 익사하지 않게 도와주었어.

네 덕분에, 모든 게 더 나아졌어.

작가의 말

내가 어렸을 때 우리 엄마도 드루네처럼 고급 치즈 가게를 운영했다. 나는 수많은 오후와 주말을 가게에서 일하며 보냈다. 엄마의 치즈 가게는 마음이 편안해지는 곳이어서 자주 들락거렸고, 참 좋아했다. 그리고 나의 열네 살은 드루처럼 또래 아이들보다는 어른들과 더 쉽게 어울려 지내던 시절이었다. 엄마 가게는 내가 중학교라는 곤혹스런 세계에서 달아나 나와 말이 통하는 사람들과 함께 있을 수 있는 도피처가 되어 주었다.

나도 하루 묵은 음식을 골목에 내다 놓았고 음식은 언제나 없어졌지만, 누가 가져갔는지 결코 알지 못했다. 다시 말해서, 나는 나만의 에멧을 만나지 못했다.

진정한 우정은 나중에 찾아왔다. 함께 있으면 나다워질

수 있는 사람들을 찾기까지 시간이 걸렸다.

이 책은 내가 어릴 때 좋아했던 그런 전형적인 성장 소설이라고 생각한다. 나는 누구인지, 내게 중요한 건 무엇인지, 무언가를 위해 모든 것을 내걸 수 있을지에 대해 처음으로 깨닫기 시작한 시절을 다룬 책 말이다.

이 책은 내 다섯 번째 작품이지만, 내가 늘 쓰고 싶어 했던 이야기에 가장 가까운 책이다. 여러분도 이 이야기를 좋아하면 좋겠다.

언제나 내게 이런 기회를 주어 감사한 마음을 전하며
데이나 라인하트

옮긴이의 말

어린 시절 마음속 어딘가에 구멍이 뻥 뚫리면 저절로 메워지는 경우란 좀처럼 없지 싶다. 어디에 구멍이 생겼는지 깨닫고, 살아가면서 천천히 메울 수도 있지만, 자신에게 구멍이 있는 줄도 모른 채 살아갈 수도 있다.

로빈은 아빠의 공책을 발견하기 전까지 자신의 마음속에 구멍이 있다는 걸 몰랐다. 그저 엄마와 단둘이 성에 살면서 성 둘레에 해자를 파고, 그렇게 바깥세상과 차단된 것에 오히려 아늑함을 느꼈다. 하지만 아빠의 공책을 발견한 뒤 양철맨 아빠한테 심장이 생기고, 빨강 머리에 푸맨추 수염을 기른 모습으로 되살아나면서 비로소 아빠가 자신의 '피붙이'임을 실감한다. 아빠라는 이름만 남은 텅 빈 구멍이 마음속에 어둡게 자리만 차지하고 있다가, 자신에 대해 알려 주고 싶어 했던 아빠의 사랑으로 공간이 가득 메워진다.

아빠의 공책을 발견하지 않았다면, 자신의 세계가 깨지는 경험을 하지 않았다면, 바른 생활 소녀 로빈이 감히 에멧을 따라나섰을까. 누구에게나 그런 터닝 포인트를 겪는 시기가 온다. 내게는 그런 시기가 아주 늦게 찾아왔는데, 어쩌면 나의 에멧이 내 방문을 여러 번 두드렸어도 조심성 많기로 치면 로빈보다 한 수 위일 내가 덜컥 겁을 먹고 문을 안 열어 주었는지도 모르겠다. 에멧은 기적을 품고 주소까지 외워서 찾아왔는데 말이다.

그러고 보면 기적도 준비된 사람에게 찾아오는 모양이다. 족장의 큰아들처럼 스스로 자기 발목에 돌 자루를 묶을 각오를 한 사람, 로빈처럼 '한번쯤 안전한 길을 택하지 않아도 좋겠다고, 두 팔을 활짝 벌려 삶을 송두리째 안아보겠다.'고 결심한 사람에게 다가오는지도 모르겠다. 이렇게 이 책은 새로운 모습의 기적을 보여 준다. 있을 수 없는 일이 뜻밖에 일어나는 것만이 기적이 아니라고, 현재에 안주하지 않고 더 나은 방향으로 나아가는 한 걸음 한 걸음이 쌓여서 기적을 완성한다고. 그리고 그렇게 로빈과 에멧은 천천히 기적을 완성해 가는 여정을 보여 준다.

기적이 일어나는 여정은 성장의 과정과도 닮았다. 더딘 여행길일수록 동행이 있다면 좋을 일이다. 기적을 공유하고, 성장을 공유하고, 그 안에서 '허밍처럼 벌러덩 누워서 자신의 배'를 보여 줄 수 있는 우정을 나누기란 얼마나 멋진가! 이제는 내 발목에 돌 자루를 묶을 용기를 내기는커녕, 손잡고 불쑥 여행을 떠났다가 데리러 와 달라는 아이들의 전화를 받을 나이에 가까워졌지만, 그래도 새삼 '두 팔을 활짝 벌려 삶을 송두리째 안아 보고 싶은 마음'이 들게 하는 작품이다. 그렇게 누구나 '아직은' 안전한 길을 택하지 않아도 좋을 시절을 살고 있는 거라 믿고 싶다. 그리고 한번쯤은 내가 누군가에게 문을 두드리는 에멧이고도 싶다.

신인수